ループ5回目。今度こそ死にたくないので婚約破棄を持ちかけたはずが、前世で私を殺した陛下が溺愛してくるのですが

三沢ケイ

STARTS
スターツ出版株式会社

目次

ループ5回目。今度こそ死にたくないので婚約破棄を持ちかけたはずが、前世で私を殺した陛下が溺愛してくるのですが

◆一、始まりの人生……10
◆二、またしても死亡フラグ……38
◆三、死にたくないので、婚約破棄していただきます……63
◆四、六度目の人生を謳歌します……91
◆五、建国記念祝賀会……134
◆六、揺れる心……161
◆七、前世、私を殺した男が溺愛してくる……192
◆八、真相と黒幕……244
◆九、それぞれの未来……302

特別書き下ろし番外編

◆番外編（一）誕生日プレゼント……316
◆番外編（二）やり直しの初夜……325
あとがき……338

Character introduction
虐げられた第一王女
クールな国王陛下
エディロン
武術が得意であるがゆえに「蛮族」と恐れられる、ダナース国の王。最初はシャルロットとの政略結婚に気が進まなかったが、健気で頑張り屋な彼女に惹かれていき…。
シャルロット
エリス国の王女だが、側妃の子であるため虐げられている。最初の人生でエディロンとの挙式当日に殺されて以来、なぜかループを繰り返し、6度目の人生で再びエディロンへ嫁ぐことに!?

死にたくないので
婚約破棄を持ちかけたはずが、前世で私を殺した陛下が溺愛してくるのですが

エリス国第一王子
ジョセフ
シャルロットの双子の弟で、なぜか彼女と同じく人生のループを続けている。明るく前向きな性格で、悩みがちなシャルロットを励ましてくれる存在。

エディロンの側近
セザール
エディロンとは幼い頃からの友人で、我が道を行く彼のサポート役。ダナース国の地位を高めるため、勝手に結婚話を進めようとしていた…というちゃっかり策士な一面も。

エリス国王妃
オハンナ
国王の寵愛を受けていた側妃を憎んでおり、彼女の死後、シャルロットとジョセフを離宮に追いやった張本人。さらに大きな権力を手にしようと画策しているようで…？

エリス国第二王女
リゼット
オハンナの娘で、母に似て美しく気が強い。平民出身のエディロンを格下に見ており、義姉であるシャルロットを自分の身代わりの結婚相手として差し出す。

ループ5回目。今度こそ死にたくないので
婚約破棄を持ちかけたはずが、
前世で私を殺した陛下が溺愛してくるのですが

◆一、始まりの人生

　ダナース国の王宮の奥深く。

シーンと静まりかえった広く豪勢な寝室のベッドの端に、ひとりの可憐な姫君が腰かけていた。

（エディロン様はまだかしら？）

期待に胸を高鳴らせている姫君――今日式を挙げてこの国の王妃となった元エリス国の王女、シャルロットは天井を見上げる。

目に入ったのは、ドレープの垂れ下がる豪奢な天蓋だ。

（今夜、ここで――）

　これから起こることを思い、頬が赤らむ。ただ、肝心の夫であるダナース国の国王――エディロンが現れない。

　隣室と繋がる、一向に開く気配のない扉を見る。その扉は先ほどからぴったりと閉ざされたままだ。

「ねえ、ルル。エディロン様が遅すぎる気がするわ」

シャルロットは自身の使い魔である白猫のルルに話しかける。

使い魔とは魔法による契約で結ばれた半身のような存在だ。契約者の魔力に応じて会話をしたり、知識を共有したり、更には契約者の代わりに魔法を使ったりできる。ただ、シャルロットはほとんど魔力を持たないので、使い魔達とはお喋り（しゃべ）りくらいしかできないけれど。

犬や猫、小鳥やウサギなど契約する使い魔はその人の好みにより、シャルロットにはこの白猫のルルの他に、文鳥の使い魔がいた。

「きっとお仕事しているにゃん」

ソファーの上にいたルルはすっくと立ち上がると、シャルロットの足下に擦り寄る。

シャルロットはルルを抱き上げると自分の膝に載せ、その背中を撫（な）でた。ふわふわとした短い毛並みが心地いい。

「こんな日も仕事なのね」

シャルロットはシュンとして肩を落とす。

早く来てほしい。

いつものように甘く微笑（ほほえ）んで、優しく抱きしめてほしい。

――だって、今夜はふたりにとって特別な日なのだから。

エリス国の第一王女であるシャルロット＝オードランは一国の王女でありながら、あまり恵まれない環境で育った。

エリス国は神秘と魔法の国だ。周辺国の中で最も歴史が古く、建国は二千年ほど前に遡る。初代国王は神に愛された凛々しき青年で、その愛の証に特別な力――魔法を授かったと言い伝えられている。

その言い伝えが真実かどうかは確かめようがないが、エリス国では一部の国民が他の国の民族にはない魔法の力を持っていた。特に魔法の力が強いのは王族であり、魔法の力が強いことは神からの寵愛の深さを示すと信じられている。

そのため、魔法の力が強いことは貴族の結婚においても特に重要視される要素のひとつで、魔法の力が強ければ平民であっても貴族に見初められることもあった。即ち、魔力の強さは幸運の証なのだ。

そして、シャルロットの母であるルーリスはそんな幸運に恵まれたひとりだった。平民でありながら圧倒的に魔法の力が強く、その噂は領地を越えて遠い王都まで届くほどの希代の大魔女だった。

ただの村娘だった母とエリス国の国王である父が知り合ったきっかけは、母の噂を聞いた父が興味本位で母の住む町へ視察に行ったことだったと聞いたことがある。そこで母に出会った父は一目で彼女を気に入り、毎日のように口説きに来たと。

そして遂には側妃として迎え入れられ、誕生したのがシャルロットと双子の弟──ジョセフだ。

しかし、幸運は長くは続かなかった。

父が母に夢中になったことに激怒した正妃は陰で母やシャルロット達に嫌がらせをするようになった。

母はすぐにそのことを父に訴えたが、父は取り合おうとはしなかった。きっと、父のとっての母は所詮、魔法が使える美人な村娘という物珍しさから手を出しただけの相手だったのだろう。自身の保身のために隣国の王女であった正妃のご機嫌取りを優先して、見て見ぬふりをしたのだ。

けれど、シャルロットの母であるルーリスは大魔女だったのでそんな嫌がらせはものともせず、シャルロット達は普通の暮らしを送れていた。寒い日にお風呂に冷たい水を張られれば魔法で温めてくれたし、誰かに破かれたドレスも魔法で新品のようにしてくれた。

ところが、シャルロットが十二歳になったときに悲劇が起きる。母が病死したのだ。王妃から嫌われていたシャルロットは弟のジョセフと宮殿の外れにある離宮に最低限の世話をするための使用人と共に追いやられ、王女としてのまともな生活は送らせてもらえなくなった。

いつもお腹が空いていたし、ドレスは時代遅れですり切れていた。離宮はずっと誰も使っていなかった古びた建物で、冬は凍えるように寒かった。魔法が使えればなんとかなったのかもしれないが、生憎(あいにく)シャルロットとジョセフはあまり上手に魔法が使えなかったので、どうすることもできずに震えるしかなかった。

『ここは寒いし古いし、住みにくいわ』

シャルロットは思わず弱音を漏らす。

『でも、いいところもあるよ』

ジョセフは塞ぎ込むシャルロットに笑いかける。

『いいところ？』

『王妃様達と直接顔を合わせずに済む。あの方達はここに近寄らないから』

にかっと笑うジョセフを見て、シャルロットは目を瞬(また)かせる。そして、ぷっと吹き出した。

『ジョセフったら』

前向きな弟の性格に助けられた。辛い境遇でも頑張ってこられたのは、ジョセフの存在が大きい。

シャルロットはふうっと息を吐き、窓から見える王宮を見つめる。

（きっと最後は政治の駒となってどこかの有力貴族にでも嫁がされるのね）

そんな半ば諦めの境地にいたシャルロットに二度目の転機が訪れたのは十九歳の冬の朝だった。

凍えながら薄氷の張った水樽で顔を洗い身支度を調えていると、真っ白な騎士服を着た父の近衛騎士が迎えに来たのだ。

『陛下がお呼びです。本日、謁見にお越しください』

『お父様が？』

シャルロットは不思議に思った。

『なんの用事かしら？』

『伺っておりません』

『そう……』

父であるエリス国王に最後に会ったのはもう数カ月も前のことだ。

呼ばれる用件が思いつかない。

けれど、国王から呼ばれて断ることなどできるはずもない。

持っている中では一番見栄えがよいドレスに着替え、淡いピンク色の長く美しい髪をハーフアップにすると、そこに金細工の髪飾りをつける。蕾がいくつか付いたデザインのこれは、母であるルーリスの数少ない形見のひとつだ。

『これはね。幸せになれる髪飾りよ』

元気だった頃、笑顔でそう言ってこれをシャルロットの髪につけてくれた母の面影が脳裏に甦る。

『お待たせしました』

準備を整えたシャルロットは玄関先で待つ近衛騎士の元へ行く。

案内された謁見室は贅を尽くした豪華な部屋だ。見上げるほどに高い天井からはシャンデリアが吊り下がり、円柱状の柱の上下には精緻な彫刻が施されている。

『お待たせしました、国王陛下。シャルロットでございます』

『うむ、よく来たな』

久しぶりに会う父はシャルロットを無表情に見下ろす。

『今日来てもらったのは他でもない、お前の結婚が決まった』

『結婚ですか』

シャルロットももう十九歳。ちょうど結婚適齢期を迎えている。いつ政略結婚の話が来てもおかしくないとは覚悟していたが、いざ話が決まったと聞くとやはりドキリとした。

『お相手の方を伺っても？』

『ダナース国の国王、エディロン＝デュカス殿だ』

『ダナース国のエディロン＝デュカス陛下……』

その名前を聞いた瞬間、シャルロットは大きく目を見開いた。脳裏に甦ったのは、数カ月ほど前の出来事だ。

その日、エリス国では諸外国の国賓を招いた数年に一度の大規模なパーティーが開催されていた。

シャルロットも王女の端くれなのでその場に参加していたのだが、どうにも落ち着かない。

（普段と違いすぎて、落ち着かないわ）

シャルロットは下を向き、自分の姿を見る。

いつもはボロボロのすり切れたドレスを着て離宮で凍えているが、流石に今日ばかりは王宮より支給されたいつもより豪華なベージュ色のドレスを着ている。豪華といっても、腹違いの妹――リゼットが着ている幾重にもレースを重ねた煌びやかなドレスに比べたらまるで普段着のようにシンプルなものだ。しかし、それでもシャルロットにとっては特別に感じた。

『ご機嫌よう、リゼット。久しぶりね』

シャルロットは久しぶりに会うリゼットに挨拶をする。

『あら、お姉様。気が付かなかったわ。ご機嫌よう』

リゼットは話しかけられて初めてシャルロットの存在に気付いたようだ。シャルロットの顔から足下まで視線を走らせると、意味ありげに口角を上げる。

『その格好、お姉様にとてもお似合いね。それにその髪飾り、随分とお気に召しているのね』

『ありがとう。ええ、そうなの。とても素敵でしょう』

シャルロットは褒められたことが嬉しくなり、表情を明るくする。

シャルロットの髪には、今日も母の形見の髪飾りがつけられていた。髪飾りはこれしか持っていないから他に選びようがないのだが、気に入っているというのは事実だ。

『ふうん』

リゼットはシャルロットの反応になぜかつまらなさそうに扇を揺らす。

シャルロットはリゼットの亜麻色の髪に視線を移す。そこにはたくさんの宝石があしらわれた髪飾りが輝いていた。

『リゼットの髪飾りも素敵ね』

『も？』

リゼットは不愉快そうに眉を顰める。

──と、そのとき、見知らぬ男性が声をかけてきた。

『もしかして、エリス国の王女殿下でいらっしゃいますか？』

声をかけられたのはリゼットのほうだ。リゼットは一瞬で表情を取り繕うと、にこやかに『ええ、そうですわ』と答える。

『私はラフィエ国の第二王子のコニー＝アントンソンと申します。是非、私とダンスを──』

隣国の王子の名前を口にしたその男性はシャルロットの前でリゼットに自己紹介を

するとリゼットの手を取る。そして、シャルロットのほうを向いた。

『少々姫君をお借りするよ、侍女殿』

にこりと笑いかけられ、シャルロットは呆気にとられて固まる。その反応に、リゼットはフッと小さく笑った。

『少々行って参ります、お姉様』

『え？　姉君様でしたか。これは失礼しました』

リゼットの言葉に、目の前のコニー王子は慌てた様子だ。シャルロットは小首を傾げ、小さく微笑む。

『いいえ、お気になさらず。楽しんでいらして』

遅ればせながらシャルロットにも挨拶をしようとしたコニー王子に軽く手を振ると、すすっと広間の端に寄った。

（わたくし、侍女だと思われていたのね）

自分としてはとても素敵な格好をさせてもらったつもりでいたので、ショックが大きい。大広間を行き交う男女を見ると皆自分よりずっとキラキラした衣装や宝飾品をつけていることに気付き、急激に恥ずかしくなった。

弟のジョセフが一緒であればまだ心強かったのだけれど、生憎近くにいない。

（そうだわ。外に出れば……）

酔いを覚ますふりをして外にいれば、誰にも会わずに済む。そう思ったシャルロットはそっとテラスへと抜け出した。

ひんやりとした空気が身を包んだ。シャルロットは口元に両手を当て、白い息を吐く。

（わたくし、なんのためにここに来たのかしら？）

なんだか今夜は、いつにも増して冷える気がする。華やかな舞踏会の中でひとりぼっちになって、心細さを感じた。

『ハール』

闇夜に向かって呼びかけると、パタパタと一羽の文鳥が飛んできた。白い頬に黒い頭、ピンク色の嘴（くちばし）を持った灰色の可愛（かわい）らしい小鳥は、シャルロットの指先に止まる。

『心細いから一緒にいてくれる？』

シャルロットは文鳥に話しかける。

『もちろんよ』

文鳥は歌うように答える。この文鳥――名前はハールという――はシャルロットの使い魔だ。色々な場所に飛んで行ってはその土地で見聞きした出来事などを教えてくれるので、シャルロットはハールとお喋りするのが大好きだった。

『今日の町は、どうだった？』

『とても賑やかだったわ。お祭りっていうのかしら？　出店がたくさん出ていて、お祝いの飾りが飾られていて』

『きっと、この舞踏会が開かれているからね。いいなあ、わたくしも見てみたいわ』

母が亡くなってからというもの、シャルロットはあの離宮の周辺以外、出歩いたことがない。

離宮の周囲数百メートルがシャルロットの人生のほとんど全てだった。だから、こうしてハールから話を聞いてはまだ母が健在だった頃に訪れた城下の賑やかさを思い出し、自分が訪れたかのような夢想をする。

そのとき、背後でカタンと音がした。

『誰かいるのか？』

低く落ち着いた、心地よい声だ。シャルロットはハッとして背後を振り返る。

（来賓の方かしら？）

そこには、凛々しい雰囲気の男性がいた。

がっしりとした長身の体躯をしており、飾緒や肩章があしらわれた豪奢な衣装から推測するに、どこかの国からの来賓だろう。

とても整った見目をしており、少し吊り気味の二重の目元ときりっと上がった眉が意志の強さを感じさせる。整えられた焦げ茶色の短い髪と高く通った鼻梁と相まって、精悍な印象を受けた。

『あ、ごめんなさい。少し休憩をしていました』

シャルロットはぎゅっと自分のスカートを握ると、小さく頭を下げる。舞踏会が終わるまでここでやり過ごそうと思っていたけれど、他の場所を探さなければならないようだ。

『休憩？　ここは冷えるだろう？』

目の前の男性が訝しげに言う。

『いえ、大丈夫です』

シャルロットは小さく首を横に振る。

『その髪飾り――』

『髪飾り？』

男性の視線はシャルロットの頭に向いていた。

シャルロットは自分の髪に触れる。そして、先ほどリゼットに言われた言葉を思い出して恥ずかしくなった。

『地味でおかしいでしょう？』

『地味？　いや、そんなことはない。清楚で、あなたにとても似合っていると思うが』

男性はシャルロットがなぜそんなことを言うのかわからないと言いたげに、首を傾げる。

（清楚？　似合っている？）

思いがけない言葉に、シャルロットは驚いた。

不意にざっと強い風が吹いた。

男性には寒くないと言ったシャルロットだったが、生理現象は抑えられず、ぶるりと体を震えさせる。

『震えている。戻ったらどうだ？』

『…………』

シャルロットは口を噤んで視線を彷徨わせる。答えられずにいると、次の瞬間、シャルロットの肩にふわりと何かがかけられた。

『戻りたくないなら、着ていろ』

『え？』

シャルロットは自分の肩を見る。そこには男性用の上着がかけられていた。

『ごめんなさい。こんな――』

シャルロットは慌てて肩にかけられた上着を脱ごうとする。しかし、それは男性によって制止されてしまった。

『いいから着ていろ。寒いけれど、あそこに戻りたくないのだろう？』

男性はシャルロットの横に立つと、テラスの手摺りに手をかける。シャルロットが驚いて男性を見上げると、男性はシャルロットを見返してきた。

まるで夜空に浮かぶ月を思わせる、金色の瞳と視線が絡み合う。

（綺麗な目……。どこかでお目にかかったことがあるかしら？）

その瞳にどこか既視感がある気がした。

『ところで、先ほど誰かと話をしている声がしたが？』

『ああ、あれはわたくしの使い魔です。小鳥の』

『使い魔？　そうか。流石は聖なる国家だな』

男性は感心したように頷く。

『貴女の名前を聞いても？』

『もちろんです。エリス国第一王女のシャルロット＝オードランですわ』

シャルロットは質素なドレスのスカートを摘まみ、お辞儀をする。

『あの……、大変失礼ですがあなたは？』

『俺か？　ダナース国の国王のエディロン＝デュカスだ』

それが、シャルロットとエディロンの出会いだった。

『陛下はわたくしに構わずにお戻りください』

『俺がここにいると迷惑かな？』

『いえ、そんなことは』

シャルロットは慌てて首を横に振る。ひとりぼっちの寂しさを感じていたので、むしろエディロンがいてくれるのは嬉しかった。

『よかった。実は俺も、舞踏会は苦手だ』

『陛下も？』

シャルロットは意外に思い、目を瞬かせる。エディロンはそんなシャルロットを見つめ、口の端を上げた。

『使い魔とはどんな話を？』

『町の様子を教えてもらっていました。祭りをしていると』

『ああ、確かに祭りをしていたな』

『陛下は行かれたのですか？』

『ここに来る途中、少しだけな』

エディロンは本人が言うとおり舞踏会があまり好きではないようで、その日はずっとシャルロットに付き合ってくれた。それはシャルロットにとって、とても楽しい時間だったのだが——。

『エディロン＝デュカス様がわたくしに求婚？』

シャルロットは小さく呟く。

記憶に残るのは、凛々しく男らしい男性だ。少し怖そうな見た目とは裏腹に紳士的で優しい態度、そしてシャルロットの話に相槌を打つ際の優しい眼差し——。

（信じられないわ。あんなに素敵な方が、わたくしに求婚？）

シャルロットは舞い上がりそうになる気持ちを必死に落ち着かせる。

『先方からできるだけ早く輿入れしてほしいと希望が来ている。お前には来月、ダナース国に行ってもらうが、いいな？』

『はい。かしこまりました』

シャルロットは動揺しつつも国王にお辞儀をする。

『では、話は終わりだ』

国王が軽く片手を振る。すると、それに合わせたように王妃のオハンナが口を開く。

『シャルロット、おめでとう』

『ありがとうございます、王妃様』

まさかオハンナからお祝いを言われるとは思っていなかったシャルロットは表情を明るくする。すると、オハンナは可哀想なものを見るような目でシャルロットを見つめ返してきた。

『あの蛮族の王が選んだのがあなたでよかったわ。リゼットだったらと思うと、ぞっとする』

『え？　蛮族とは？』

シャルロットは眉を顰める。

『やだわ、お姉様。知らないの？　ダナース国は二十年ほど前に平民が蜂起して建国した国よ？　つまり、あの国王は国王の格好をしているだけで元は平民なの』

謁見室に同席していた妹のリゼットが小馬鹿にするように横から付け加えてきた。

（元は平民？　それがなんの問題なの？）

リゼットから意地悪を言われたりされたりするのには慣れている。けれど、今回の言い方はエディロンのことはもちろん、ダナース国そのものを格下に見ているように聞こえ、流石のシャルロットも不快感を覚えた。

『リゼット。隣国の国王陛下をそのように言うものではないわ』

やんわりと窘めたシャルロットの顔を見て、リゼットは眉を顰める。しかし、すぐにハッとしたように口元に手を当てた。

『あら、わたくしったら失礼を。お姉様も半分平民だったわね。気が付かなくてごめんなさい。お姉様とダナース国の国王陛下、とってもお似合いだわ』

リゼットは扇で口元を隠すと、『ほほほ』と笑う。

『まあ、リゼット。そんな風に言うものではありませんよ』

ごめんなさいと口では言っているが、明らかに嘲笑している。

オハンナがリゼットを窘めるが、くすくすと笑っていて本音はオハンナも同じなのだろう。

シャルロットはぎゅっと手を握る。

自分の中に沸々と沸いた怒りを必死にやり過ごした。

輿入れの日まではあっという間だった。

（ここがダナース国……）

車窓からは農夫が牛に車を引かせて畑を耕している光景が見えた。シャルロットは初めて見る景色をただただ眺める。暫く進むと馬車が停まり、ドアが開けられる。外から大きな手が差し出され、そこに手を重ねると力強く手を引かれた。

『よく来たな、シャルロット』

『陛下⁉』

そこに現れたのは、ダナース国の国王であるエディロンその人だった。シャルロットの馬車がダナース国入りしたと聞き、自ら迎えに来てくれたようだ。

『お手を煩わせて申し訳ございません』

『いや、大丈夫だ。我が愛しの姫君との再会が待ちきれずに来てしまった』

（我が愛しの姫君……）

凜々しい態度からは想像もできないような甘い言葉と微笑みに、頬が紅潮する。

『今日も綺麗だ』

『あの……、ありがとうございます』

エディロンはどぎまぎするシャルロットの片手を持ち上げて、その甲にキスを落とす。触れられた場所が熱くて、胸がむずがゆい。

用意されたダナース国の馬車に乗り換えたシャルロットは、隣に座るエディロンを意識してしまい必要以上に外ばかり眺めてしまった。

車窓からはのどかな農園が広がっているのが見えた。離宮の周辺からほとんど出たことがないシャルロットにとってはそんな景色も新鮮で興味深かった。

『のどかなところですね』

『この辺りは農業地帯なんだ。もう少し進むと、町に入る。今度案内しよう』

『はい、ありがとうございます』

お礼を言い様に振り返ると、まっすぐにこちらを見つめるエディロンと目が合った。

シャルロットの胸はどきんと跳ねる。

『やっとこちらを見たな』

『え？』

『全く俺のことを見ないから、不本意な結婚を強いてしまったかと思った』

『そのようなことはございません』

シャルロットは驚いて答える。

『むしろ……』

『むしろ？』

『とても楽しみにしておりました』

恥じらいながらも正直に告げると、エディロンは驚いたように目を見開く。

（はしたないと思われてしまったかしら？）

シャルロットは恐る恐る隣に座るエディロンの顔を見る。視線が絡み、エディロンはふっと口元を緩めた。

大きな手が伸びてきて、シャルロットの頬を撫でる。

『あなたはとても素直で可愛らしいな』

近づいてくる秀麗な顔に目を閉じると、唇が優しく重ねられる。

ふわふわとした高揚感と、きゅっと胸が掴まれるような不思議な感覚がした。

シャルロットがダナース国に来てからというもの、エディロンは執務の合間を縫ってはシャルロットの下を訪ねて来てくれた。国王として多忙のためさほど長い時間ではないが、エディロンと交わす何気ない会話や優しい態度はシャルロットにとってとても心地よいものだった。

そしてダナース国に来て一年ほど経ったこの日、遂にシャルロットとエディロンは挙式して正式な夫婦となった。

シャルロットはシンと静まりかえる寝室でベッドのシーツを指でなぞる。

(エディロン様、遅いな……)

ダナース国に来てからというもの、エディロンはことあるごとにシャルロットに甘い愛の言葉を囁き、優しく抱きしめ、蕩けるようなキスをした。

けれど、それ以上の関係には進んでいない。エディロンが『正式な夫婦となったときの楽しみにとっておく』と言ったからだ。

(結婚式の日まで、こんなに遅くまでお仕事しなければならないのかしら?)

シャルロットは壁際に置かれた置き時計を見る。

もう、かれこれ三時間もひとりぼっちで待っている。エディロンのことだからきっとすぐにここに現れて愛してくれると思っていたのに。

（そうだわ！）

シャルロットはベッドから降りると、そっと歩き出す。

「どこに行くにゃ？」

膝から下ろされた使い魔のルルがシャルロットに尋ねる。

「きっと根を詰めていらして時間が経ったことに気付いていらっしゃらないのだわ。こっそり呼びに行って驚かせようかと思うの」

「でも、この部屋から出ちゃだめって言われたんじゃないのかにゃ？」

「言われたけど、エディロン様なら笑って許してくださるわ」

シャルロットは笑ってそう言うと、エディロンの私室へと繋がる扉のドアノブに手を伸ばす。そのとき、手にびしゃっと何かが乗っかった。

「きゃっ！」

シャルロットはびっくりしてその手を引く。しかし、手に乗っかったものの正体に気付くとほっと息をついた。

「びっくりしたわ。ガル、邪魔しないの。どこから入ってきたの？　ここは来ちゃだめよ」

シャルロットは自分の手に乗った羽根つきトカゲ——この子は使い魔ではなく、

シャルロットが離宮の近くで拾ってペットとして飼っていたものを連れてきた——に話しかける。ガルは何かを訴えようとしているのか、不満げに口をパクパクとしている。

「だーめ。ガルはわたくしのお部屋に戻って」

シャルロットはガルを床に置く。

「久しぶりにガルを抱っこしたけれど、少し大きくなったかしら？」

床に置かれたガルはシャルロットを見上げ、相変わらず口をパクパクさせている。

シャルロットは気を取り直すと、今度こそ目的の扉のドアノブに手を伸ばす。

(鍵、開けられるかしら？)

シャルロットは魔法があまり得意ではないが、解錠の魔法を試みる。するとそれは見事に成功し、ドアノブはカチャリと回った。

(ここがエディロン様の私室……)

私室は二間続きになっているようで、奥の部屋の明かりが灯っているのが見えた。

シャルロットは物音を立てないように明かりのほうへと近づく。

(いらっしゃったわ)

シャルロットからは、執務机に向かうエディロンの後ろ姿が見えた。彼がちょうど立ち上がったので、慌てて近くのドレープカーテンの陰に隠れる。カツン、カツンと靴底が床にぶつかる音が近づいてくる。

(近くにいらしたら抱きついて驚かせちゃおうかしら?)

そんなことを考えてふふっと小さく笑っていると、突如胸の辺りに鋭い痛みが走る。

「え……」

何かを考える間もなく、けほっと口から血が溢れ出す。鋭い痛みを感じた胸に手を触れると、固く冷たい感触と共にぬるっとした血の感触がした。

(嘘……)

自分は剣で胸を刺されたのだ。すぐにそう悟った。

「それで隠れているつもりか? エリス国のドブネズミが」

今まで一度も聞いたことがないような低く冷たい声だったが、それは間違いなくエディロンのものだった。愛した人の声を、聞き間違えるはずがない。

(エリス国のドブネズミ? わたくしのこと?)

自分はずっと、彼から〝ドブネズミ〟と思われていたのだろうか? 彼もまた、自分のことを蔑んでいたのだろうか?

(わたくしを愛してくれると信じていたのに、嘘だったの?)

体が崩れ落ち、弾みで隠れていたドレープカーテンが引き裂かれる。

（あなたとなら、幸せになれると思っていたのに）

シャルロットは床に横たわったまま、力なく目の前の男——今日結婚したばかりのエディロンを見上げる。

「どう……し、て……？」

声にならない声と共に、目から涙がこぼれ落ちる。

視界が暗くなり、鋭い痛みに加えて急激な寒さが襲ってくる。

こちらに向けられたエディロンの顔は、もはや霞（かす）んでよく見えない。

（ひとりで浮かれて、バカみたい……）

意識が急激に薄れて行く。

（ジョセフ。お互い幸せになろうって言っていたのに、ごめんね）

故郷にいる双子の弟を思う。脳裏に甦ったのは、まだ母が生きていた頃の幸せな記憶だ。

（お母様……）

死んだら母に会えるだろうか。

シャルロットの意識は、そのまま闇に呑（の）まれた。

◆二、またしても死亡フラグ

蝋燭(ろうそく)の明かりを頼りに刺繍(ししゅう)の針を進めていたシャルロットは、窓の外から聞こえてきた優雅なオーケストラの調べにふと手を止めた。

「舞踏会が始まったわね」

「そうみたいだね」

シャルロットの呟きに、同じ部屋にいた双子の弟であるジョセフが頷く。今日は、諸外国の国賓を招いた数年に一度の大規模な舞踏会が王宮で開催されているのだ。

「ジョセフ、行かなくてよかったの?」

「行かないよ。病弱で立ち上がれない設定なんだから、行ったらおかしいだろ」

剣を磨いていたジョセフは手を止めると、首を横に振る。

「それもそうね」

シャルロットは頷く。

「王妃様は僕が来なくてせいせいしているんじゃないかな。諸外国に対してフリードだけを王子として紹介することができて、次期国王として地位が確固(かっこ)たるものになったって」

「ジョセフ……」

フリードとは、シャルロット達の義理の弟である第二王子だ。国王と王妃の間にできた子供であり、まだ十歳になったばかりだ。

そんなことないわ、と言いかけて、シャルロットは口を噤む。過去にジョセフが王位継承権を巡ってどんな目に遭ってきたかを、なんとなく知っているから。

エリス国の王位継承権を持っているのは国王の子供であるジョセフとフリードのふたりだが、王妃は当然のように自分の息子であるフリードを推している。そして、王妃の顔色を窺（うかが）っている国内貴族も軒並みそれに同調している。

「姉さんこそ参加しなくてよかったの？　今度こそ幸せな結婚に繋がるような良縁が見つかるかもしれないのに」

ジョセフは、逆にシャルロットに聞き返してきた。

「いいの！　わたくし、ようやく気付いたの。結婚するとだめなのよ！」

シャルロットは胸の前で、ぐっと拳を握る。

シャルロットとジョセフのふたりには、不思議な記憶がある。それは、前世の記憶だ。

実は、今回の人生はふたりにとって六回目の人生だった。

摩訶不思議なことに、ふたりとも死ぬと時間が巻き戻り、再び新しい人生がスタートするのだ。

シャルロットにとって、それはダナース国で夫のエディロンに殺されたあの日から始まった。

毎回巻き戻るのは母が亡くなって暫くした時期だ。そして、弟のジョセフも大抵二十歳前後で命を落とし、気付くと母が亡くなって暫くした時期、即ちシャルロットがループを開始するのと同じ時点に戻って来ているという。

最初のループが発生したとき、シャルロットとジョセフは酷く混乱した。取り乱したふたりの様子を見て慌てたお世話係が大急ぎで医師を呼んだほどだ。

結局、医師は〝母を亡くし、急激な環境変化による一時的な混乱状態〟と判断した。

しかし、シャルロットは間違いなく過去の人生の記憶があったし、ジョセフも同じだった。だからこれは夢などではないと確信し、ふたりはこの人生をよきものにしようと誓い合ったのだ。

「そっか、姉さんは結婚するとその日に死ぬんだっけ？」

「そうよ。過去五回、全部そうなの」

シャルロットは刺繍の糸の後始末をすると針をソーイングボックスに戻し、はあっと息をついた。

最初のループが始まってからというもの、シャルロットは様々なことを試みて人生をよきものにしようと努力した。

まず二度目の人生。

運命を変えた舞踏会で、そもそもエディロンに会わないように細心の注意を払った。そして、ダナース国側からの申し入れがあった時期より前に、件の舞踏会で出会ってしつこく言い寄ってきた国内貴族の令息の口説き文句に頷いた。

別に彼に恋していたわけではないが、殺されるくらいなら別の人と結婚したほうがマシだと思ったのだ。

ところがだ。

なんと、その人には元々婚約者がいた。シャルロットが口説き文句に頷いたので、彼はその婚約者を手酷く捨てていたのだ。

結果、結婚式に乱入してきた元婚約者の女に刺され、シャルロットは命を落とした。

三度目の人生。

またループしたのかと驚いたものの、前回よりは落ち着いて対処できた。

色々考えたシャルロットは、自ら進んで政治の駒となりダナース国とは別の大国ラフィエ国に嫁ぐことを決意した。

ところがだ。今回も想定外なことが起きた。

輿入れで自国から連れてきた男性護衛騎士に、一方的な好意を向けられたのだ。

挙式当日、控え室で『一緒に逃げよう』と口説かれ、シャルロットは混乱した。

なんとか彼を思いとどまらせようと説得していると、口論の現場を目撃した婚約者であるラフィエ国の第二王子――コニー＝アントンソンに浮気をしていると誤解されてしまった。

結果、シャルロットは不義を理由に殺された。

四度目の人生。

過去の人生で三回連続殺されたシャルロットは、殺されそうになったときに対抗できるようにと剣の鍛錬を始めた。

四度目の人生にして初めて握った剣だったが、鍛錬を始めるとなかなか面白かった。

本格的に騎士になろうと決意し、妹であるリゼットの護衛騎士になった。

ところがだ。またしても想定外の事態が発生する。

リゼットに帯同して訪問した隣国クロム国の王太子になぜか気に入られてしまい『お前を妃にする』と宣言されてしまったのだ。

隣国の王太子の宣言を無下にすることもできず、シャルロットは彼に嫁ぐことになる。

結婚式当日の夜、緊張をほぐすために寝台の隣に置かれた酒を飲んだら喉と胸が燃えるように熱くなり、あえなく命を落とした。

おそらく、毒死だろう。

せっかくした剣の鍛練は、毒の前ではなんの意味もなさなかった。

そして五度目の人生。

かくなる上は、平民になろうと決意した。

宮殿を抜け出して放浪の旅に出て、行き着いたのは辺境の港町だ。シャルロットはそこで、自作の刺繍を売って細々と生活するようになった。

貴族の流行を取り入れたシャルロットの作品はたちまち評判になり、シャルロットは町の人気者になった。そんな中、シャルロットはお客のひとりである青年と親しくなり、一生女ひとりで生きるのは難しいかもしれないと思って彼からの求婚に頷いた。

ところがだ。やっぱり想定外の出来事が発生した。

シャルロットに想いを寄せていた男性は彼以外にもいたらしい。結婚式当日、シャルロットの店の常連である別の男に『俺のものにならないなら、死んでくれ』と言われたのだ。

お祝いに駆け付けてくれたものとばかり思い込んでいたシャルロットは完全に油断しており、不意を突かれてあっけなく殺された。

そうしてとうとう六回目の人生、即ち今世に突入した。

過去五回の人生を振り返り、シャルロットはとある法則に気付いた。それは〝結婚するとその日に死ぬ〟ということだ。

そう気付いたシャルロットは、一生結婚せずに修道女になろうと決心した。

最低限参加を求められていた夜会や舞踏会も、今世では何かと理由を付けて一切参加しなかった。さらに、誰かに想いを寄せられて突然言い寄られることを警戒し、人前に出るときは常時俯いて顔を隠した。陰気な姫だと噂されているようだが、男性から敬遠されることは好都合だ。

「今度こそ上手くいくわ」

「だといいけど。いい加減、この転生から抜け出したいところだよね。今回の人生、僕は今のところいい感じな気がする。あとは、適当なところで外出してそのまま行方不明にでもなるよ」

ジョセフは磨いていた剣をテーブルに置くと、肩を竦めて見せる。そして、ちょうど近くを歩いていたペットの羽根つきトカゲ二匹を抱き上げた。

「わたくしも今度こそ大丈夫よ。舞踏会はおろか社交界すら一度も出たことがない『変わり者の姫』を貫き通したもの。いくら王女だって、こんな女を娶ろうとする人なんていないわ。あとは、修道女になりたいって陛下に願い出るだけね」

シャルロットは自信満々に胸に手を当てる。

今世では今のところ上手くいっている。だから、このあとも上手く切り抜けてみせる。

当分無理だろうと思っていた国王への謁見は、思ったよりもずっと早く許可された。

指定された日、シャルロットは緊張の面持ちで謁見の準備をした。

「じゃあ、行ってくるわ」

「上手くいくといいね」

意気込むシャルロットに、ジョセフも声援を送る。多くは語らないが、シャルロット同様にジョセフもこれまでの五回の人生で色々なことがあったようだ。

どうにか上手いことできないかと試行錯誤しており、今世では〝ひたすら病弱設定を貫きとにかく目立たない〟という作戦に出ているようだ。

ちなみに、ジョセフは健康優良児で風邪を引いたところなどシャルロットですら一度も見たことがない。

「うん。頑張ってくるわ」

出発しようとしたシャルロットは離宮の玄関を開ける。

そのとき、ジョセフに呼び止められた。

「そうだ。姉さん、ちょっと待って」

なんだろうと思って振り返ると、ジョセフが近づいてきた。

ジョセフは片手を上げると、シャルロットのおでこに人差し指を当てる。ふわっと空気が揺れたような気がした。

「今のは何？　何かの魔法？」

シャルロットはジョセフに尋ねる。

ジョセフは過去五回のループを経て、いつの間にか魔法が上手く使えるようになっていた。シャルロットの記憶では、少なくとも四回目の人生までは自分と同じく魔法をほとんど使えなかったと思うのだけれど。

高いところに実った果実を採るときや火を熾すときなど、今世ではジョセフの魔法に何度も助けられたものだ。ただ、ジョセフは魔法を使えることを周囲——特に王妃に知られたくないようで、使う魔法は必要最低限に限られていた。

「上手くいきますようにっていうおまじないだよ」

「ふうん？　ありがとう」

シャルロットが笑顔を見せると、ジョセフも笑みを漏らす。

どちらからともなく手を上げる。ふたりの手がハイタッチでぶつかるパシンという音が響いた。

そうして到着した王宮の一室。

シャルロットは目の前で繰り広げられる光景に、困惑していた。

「嫌です。絶対に嫌ですわ！　なぜわたくしが、あのような野蛮な者に！」

取り乱して叫んでいるのは、妹のリゼットだ。

なぜこんなことになっているかと言うと、シャルロットが国王に修道女になりたいと願い出て無事にその許可をもらった直後、謁見室の入口にいた警備の騎士達の制止を振り切ってリゼットとオハンナが乱入してきたからだ。

「リゼット。そうは言っても。先方は『エリス国の王女を是非に』と望んでいる。かの国を敵に回すのは得策ではない」

苦々しげな表情でそう答えるのは国王だ。

「病弱だから無理だと伝えてくださ い」

「既に会っているのだ。病弱というのは言い訳だとすぐに気付かれる」

「では、他の王子から求婚は来ていないのですか⁉」

リゼットの問いに、国王は近くに控えていた宰相へ視線を送る。宰相は首を左右に振った。

「今のところ、断る理由がない。お前は王女だ。気に入らないから、という理由は通用しない」

「そんなっ！」

リゼットは国王の言葉に、さめざめと泣き出した。

（えっと、これは……）

シャルロットは努めて冷静に、状況の整理をする。

どうやら、ダナース国の国王であるエディロンからエリス国の王女を妻に望む書簡が届いているようで、それに対してリゼットが『絶対に嫌だ』と駄々を捏ねているようだ。

（こんなことになっていたのね）

二度目の人生以降、シャルロットは毎回ダナース国からの書簡が届く前に自分の結婚を決めるか、王宮から出ていくかしていた。なので、自分の知らないところでこんなやり取りが繰り広げられていたとはちっとも知らなかった。

一度目の人生ではシャルロットに名指しで求婚があったが、二度目以降はあの舞踏会でエディロンに会っていない。この書簡に書かれた『エリス国の王女』というのはリゼットを指していると考えて間違いないだろう。

（リゼットはリゼットで、大変だったのね）

もう自分は修道女になる許可をもらったので関係ないことだ。

完全に人ごととして、彼らのやり取りを眺める。

さめざめと泣くリゼットに寄り添っていた王妃のオハンナは悲痛な表情で国王を見上げた。

「あなた。こんなに嘆き悲しむリゼットを行かせることなどできません。なんとかなりませんの？」

「そうは言ってもだな」

国王は眉根を寄せ、顎髭を撫でる。嫌がる娘を嫁がせることに良心の呵責を感じているようだが、国と国の力の均衡などを考えるとこの申し入れを無下にすることは難しいのだろう。

特に、ダナース国は建国以来経済的な成長も著しく、軍事力も強い。敵に回すと厄介な国なのだ。

「そうだわ！」

そのとき、リゼットが叫ぶ。そして、部屋の隅で第三者よろしく佇んでいたシャルロットをまっすぐに見た。

（な、何⁉）

目が合った瞬間、嫌な予感がした。

「ダナース国の国王は『エリス国の王女』と言ったのでしょう？　なら、お姉様でもよいのではなくて？」

「わ、わたくし⁉」

シャルロットは驚いて、素っ頓狂な声を上げる。

「わたくしは無理ですわ。だって、修道女として神の花嫁になりますから」

「でも、まだ神の花嫁にはなっていないわ。なら、ダナース国王の花嫁でもよろしいのではなくて？」

名案が思いついたとばかりにリゼットが捲し立てる。

「そうよ！　リゼットではなくて、シャルロットを行かせればいいのだわ。ねえ、あなた。そうすれば、波風を立てずにあちらの顔を立てることもできますわ」

リゼットの横にいた王妃のオハンナまでその案に同意し始めた。

「む、無理です！」

シャルロットは必死にその提案を拒否する。

ダナース国の国王の元に嫁ぐなどとんでもない。

脳裏に甦ったのは、一度目の人生だ。

かつてその男に恋をして、喜んで嫁いだ。その結果〝ドブネズミ〟と言われて初夜に斬り殺されたのだ。

そしてその日から、結婚する度に殺されて人生をやり直すというおかしなループが始まった。

絶対に嫌だ。冗談じゃない。

「ほら、わたくしって地味で陰気だと噂になっているようですし」

「そんな噂、ダナース国には届いていないわよ」

「社交界に一度も出ていないから、礼儀作法もなっていないわ」

「今から習えばいいでしょう」

「先方はリゼットを望んでいるわ。わたくしよりずっと素敵ですもの」

「そんなこと知っているわよ！　わたくしが嫌なのよ‼」

にこっと笑いかけると、リゼットが顔を真っ赤にして淑女らしからぬ怒鳴り声を上げる。

――そのときだ。

「なるほど」

リゼットとオハンナ、そしてシャルロットのやり取りを黙って聞いていた国王がようやく口を開く。

「確かにそれは名案だな。シャルロット、先ほどの許可は取り消しだ。お前に、ダナース国の国王エディロン＝デュカスの元に嫁ぐことを命じる」

「へ……？」

シャルロットは唖然として父である国王を見た。

「反論は認めない。話は終わりだ」

「お父様、お待ちください！　わたくしは神の花嫁に――」

「おい、お前。シャルロットは真っ青になって首を横に振る。

国王はシャルロットの声を無視すると、近くに控えていた騎士のひとりにそう命じる。命じられた騎士が、取り乱すシャルロットの腕を引いた。

「お父様！」

悲痛な叫びも虚しく、シャルロットは謁見室から引きずり出される。

謁見室の扉が、目の前でバタンと閉ざされた。

（嘘でしょう？）

まさか、六度目の人生で最初に自分を殺した男に再び嫁ぐことになるなんて。

目の前が真っ暗になる。

　扉と一緒に、自分の明るい未来も完全に閉ざされたような気がした。

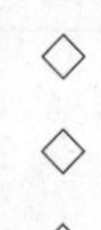

　ダナース国は大陸の海岸沿いにある、比較的国土の大きな国家だ。その歴史はまだ日が浅く、建国から二十年ほどしか経っていない。

　元々、ダナース国のある地域にはレスカンテ国という全く別の国があった。レスカンテ国は絶対王政の国家であり、国王の命令は絶対だ。名君であればなんら問題ないのだが、残念ながら今から三十年ほど前、ときの君主として即位したレスカンテ国王はあまりにも国王としての才のない男だった。

　国政をおろそかにして遊びに興じ、不要な城を建てては権力を誇示し、挙げ句の果てに建国以来最大のハーレムを作り上げた。そして、気に入った女性達に贅沢をさせ、自身も昼夜を問わず宴(うたげ)に興じた。金がなくなると民から取り立てる税金を増やし、諫めようとした側近達を反逆者として捕らえ、また贅沢をした。

　そんなことを繰り返しているうちにレスカンテ国民は疲弊し、政権への不満は蓄積する。

そして遂に立ち上がったレジスタンスに主導され国民は蜂起し、国王とその一族は処刑された。その後レジスタンスのリーダーが国王となり建国されたのがダナース国だ。

そんな背景がある故に、ダナース国は国王がいるものの、議会は貴族からなる貴族院の他に平民からなる衆議院があり、平民も政治に参加できるようになっていた。

そして、ダナース国の現国王であるエディロン＝デュカスは現在二十六歳。ダナース国を建国したレジスタンスのリーダーの息子だ。

六歳でただの平民から国家元首の息子となったエディロンは、それはもう必死で勉強した。

レジスタンスのリーダーとして組織を纏めた父に憧れ、剣や武術には特に力を入れた。かといって座学をおろそかにすることもなく、言語、算数、歴史、政治、経済、果ては最新の科学分野に至るまでしっかりと学んだ。

誇張ではなく、起きている時間はその全てを父のような存在になるための努力に費やしたと言っても過言ではない。

その甲斐あって、三年ほど前に前国王が崩御し僅か二十三歳で即位したエディロンのことを、周囲は献身的に支えてくれた。エディロンにとって彼の側近達は臣下であり、盟友であり、何にも代えがたい家族のような存在である。

――普段は。

「セザール。またその話か」

執務室で仕事をしていたエディロンは今さっき切り出された話に、はあっとため息をついた。

「何度も申し上げて恐縮ですが、そろそろ本格的に考えるべきです。エリス国の王女は既に結婚適齢期を迎えております。いつどこに嫁ぐかわかりません。他国と話が纏まる前に、我が国に迎えるべきです」

「エリス国の王女、ねえ……」

エディロンは読んでいた書類の端をつまらなそうに指先で弾く。

先日、エリス国の国王が主催して、周辺国を招いた大規模な舞踏会が開催された。数年に一度開かれるその会は、周辺国家を含め最も大きな社交の場だ。

外交上、周辺国の王族との人脈を広げ友好を深めておくことは非常に重要だ。エディロンもそれは重々承知しているので、その舞踏会に参加した。

（エリス国の王女と言えば……）

亜麻色の髪を美しく結い上げた、小柄な女性が脳裏に思い浮かぶ。大きな緑色の目はくりっとしており、まるで小動物を思わせるような見た目だ。

しかし、その可愛らしい見た目とは裏腹に、内面は気位が高く気難しそうだと感じた。

現に、そのとき初めて会ったエディロンを見るなりあからさまに顔を顰め、関わるのが嫌そうな顔をした。おそらく、ダナース国の歴史を知った上で自分のことを嫌悪しているのだろう。

「他国の姫じゃだめなのか？」

「エリス国の王女が望ましいです。エリス国は神に愛された国と言われております。国土は狭いものの国民の中に一定数魔法を使える者がおり、周辺国からも一目置かれている存在です。その姫君を陛下が妃として迎えたとなれば、周辺国もこれまでのダナース国を見下した態度を改めるでしょう」

「〝神に愛された国〟ねえ」

エディロンは立場上、周辺国の成り立ちについて一通り頭に入れている。

神に愛された国と呼ばれるのは、かの国の国民の一部が持つ不思議な力——魔法が理由だ。

エリス国には古くから伝わる建国の神話がある。

神秘なるエリス国の初代国王は神に愛され、故に魔法の力を授かった。神は特に寵愛する王族に神使を遣わせ、特別な祝福を授けると。

そのため、エリス国は周辺国から『神に愛された国』と呼ばれているのだ。

「そのエリス国の王女自身が我が国を見下しているように見えたが」

エディロンはハッと鼻で笑う。

エリス国の王女のあの目を、エディロンは何度も見たことがある。にこやかに受け答えしているが、内心では『平民が作った張りぼての国家』と見下しているのだ。

（選民意識が高い奴らが考えそうなことだ）

ダナース国の前にあったレスカンテ国は、王族と一部の貴族が民に寄り添わなかった故に滅んだ。幼少期に見た、圧政の下で人々が貧困に喘ぐ苦しい記憶が残るエディロンにとって、彼女は最も嫌悪するタイプの王族だった。

その一方で、側近のセザールが言うとおり、エリス国の王女を妃に娶ることは神に愛された国の王女がダナース国の王室の血族に入ることを意味し、周辺国には大きな牽制として働くことは確かだ。

（国王であるならば、私情より国益を優先させるべきか……）

エディロンはじっと目を閉じて考える。気は進まないが、致し方ない。

「わかった。王女を娶りたいとエリス国王へ書簡を出そう」

「それがよろしいかと」

「では、手配を頼む」

「かしこまりました」

セザールはほっとしたように表情を緩めると、途端ににかっと歯を見せて笑った。

「いやー、よかったです。陛下が嫌だって駄々を捏ね続けたらもう勝手に書簡を送るしかないと思っていたんで」

「勝手に送る気だったのか？」

「背に腹は代えられませんので」

セザールはハハッと笑う。そのあっけらかんとした様子を見て、エディロンは額に手を当てながらも苦笑する。

「まあ、お前が妙にかしこまって相談をしてきた時点で俺が望まない話題を持ち出そうとしていることは予想が付いていた」

「あ、ばれました？」

腹を抱えて陽気に笑う男をエディロンは見る。

エディロンの側近中の側近であるセザール＝ブラジリエは、エディロンにとって幼いときからの友人でもあった。

セザールはブラジリエ侯爵家というレスカンテ国当時からの名門貴族家の嫡男であり、ブラジリエ侯爵家はかつてレスカンテ国王の蛮行を止めようと努力した数少ない家門のひとつだ。

その慧眼をエディロンの父である先代が買ってブラジリエ侯爵を重用し、その息子もまたエディロンを支えている。建国して二十年が経ったとはいえ、かつての圧倒的な特権が失われて不満を抱く貴族も多い。そんな国内貴族達を上手く統制できているのも、ブラジリエ侯爵家が支えてくれているお陰だ。

「まあ、うちがほしいのは『エリス国の王女がダナース国の王妃になった』っていう実績だけですから、気に入らなかったら王宮の奥深くにでも置いて、ある程度好きなようにさせておけばいいんじゃないですかね？」

エディロンが気が進まないと思っていることを察したのか、セザールがエディロンにアドバイスを送る。

「ああ、そうだな……」

エディロンは答える。

気に入らなかったらも何も、最初からそのつもりだ。エリス国の王女と必要以上に関わる気はない。

エリス国の宮殿を離れて数日後、シャルロットは無事にダナース国入りした。馬車に揺られながら、ぼんやりと外の景色を眺める。農夫が牛に車を引かせて畑を耕しているのが見えた。

（この景色、懐かしいわ）

この景色を見たのは一度目の人生のときだから、シャルロットにとっては随分と昔になる。すっかりと忘れていたが、いざ目にするととても懐かしく感じた。

（そういえば――）

シャルロットはふと気付く。一度目の人生では国境のすぐ近くまでダナース国の国王であるエディロン自らが迎えに来てくれて、この景色をふたりで眺めた。

「今回は来ないのね」

別に来てほしいとも思わないけれど、ちょっとしたことに一度目の人生との違いを感じる。

「……エディロン様か」

過去五回の人生では毎回結婚したけれど、シャルロットが恋をした相手は彼だけだった。その恋心は〝ドブネズミ〟という蔑みの言葉と共に無惨にも砕け散ったけれど。

移りゆく景色を眺めながらそっと自分の髪に手を伸ばす。指先に触れたのは、金細工の髪飾りだ。幸せになれる特別な髪飾りだと言って、母が贈ってくれた大切な髪飾り。

「お母様、今度こそ上手くいくように見守っていてください」

シャルロットはぎゅっと手を握る。

今度こそ、絶対に生き残ってみせると胸に誓った。

◆三、死にたくないので、婚約破棄していただきます

シャルロットの乗る馬車は順調に進み、予定通りダナース国の宮殿に到着した。

宮殿の正面口に停車すると、馬車の扉が開かれる。

開かれた扉から手が差し出されたのでシャルロットはそこに自分の手を重ねた。靴が石の床に当たりカツンと音が鳴る。

「ようこそいらっしゃいました。私は陛下の側近を務めております、セザール＝ブラジリエです。以後、お見知りおきを」

目の前に現れたのはエディロンではなく、別の男性だった。

少し長めの栗色の髪は緩いくせがあり、無造作に掻き上げられている。僅かに目尻が下がっているせいか優しげに見える目は、髪と同じ栗色だ。

「はじめまして。エリス国第一王女のシャルロット＝オードランです」

シャルロットは丁寧に挨拶をしながら、自分の中の古い記憶を探る。

（セザール＝ブラジリエ様……）

確か、エディロンが最も重用していた側近だったはずだ。

一度目の人生で知るセザールはもっと砕けた口調でいつも気安くエディロンと軽口を叩き合っていた。軽い印象があるが、仕事に関してはとても有能で頼りになるとエディロンは言っていた記憶がある。

顔を上げたシャルロットは周囲をざっと見回す。多くの人々が出迎えていたが、その中にエディロンはいなかった。

「恐れ入りますが、陛下は？」

「陛下はただいま手が離せない所用でして。本日中に謁見の場を設けさせていただきます」

「承知いたしました。ありがとうございます」

シャルロットが頭を下げると、セザールは目を瞬かせる。

（どうしたのかしら？）

シャルロットはその反応を不思議に思った。

「あの……、どうかされましたか？」

「いえ、なんでもありません」

セザールは慌てたようにそう言うと、「お部屋にご案内します」と言った。シャルロットはその後ろをしずしずと付いて行く。

(あら?)

廊下を歩いていたシャルロットは、ふと立ち止まる。思っていた方角と違ったのだ。

シャルロットは一度目の人生で、ダナース国の宮殿で一年間ほど過ごした。今向かっているのは国王がいる王宮ではなく、離宮のようだ。

ちなみに、一度目の人生ではその離宮に一度も足を踏み入れたことがなかった。

「どうかされましたか?」

立ち止まって周囲を眺めるシャルロットに気付き、セザールがこちらを振り返る。

「いえ。とても広いので迷子にならないようにしっかりと覚えなければと思いまして」

シャルロットは慌てて表情を取り繕う。

「ああ、なるほど」

セザールは頷く。

シャルロットが案内されたのは、予想通り離宮だった。

(こんな場所があったのね)

物珍しくて、きょろきょろと辺りを見回す。

いくつも部屋があるようだが、人の気配は全くない。シャルロットが今歩いている開放廊下からは噴水のある庭園が見えた。しかし、ずっと使用されていないのか水は出ていない。

やがて、シャルロット達はその離宮の最奥へと行き着いた。

「こちらでございます」

セザールはドアを開ける。

「わあ」

シャルロットは感嘆の声を上げた。

◇◇◇

エディロンが会議を終えて執務室に戻ると、部屋の前にはセザールが立っていた。

「待たせたか？」

「いえ、今来たばかりです」

セザールは首を横に振る。執務室のドアを開けると、セザールも一緒に入ってきた。

「それで、どうだった？」

エディロンはセザールに尋ねる。

今日、エリス国から王女が輿入れのために到着することはエディロンも承知している。今このタイミングでセザールがここに訪ねて来たということは、王女が到着したのだろうと予想が付く。

私の印象では――、とセザールは前置きをしてから話し始める。

「陛下が仰っていたような高飛車な感じではありませんでしたね。きちんと私に対しても礼を以て接していたし、出迎えた城の者達にも会釈して手を振っていました」

「へえ」

エディロンはそれを聞いて、意外に思った。

(あの女がねえ……)

エディロンはエリス国で出会った高飛車な印象の王女を思い出す。あの王女がダナース国の者に頭を下げることなど絶対にないと思っていたのだが。むしろ、エディロンの出迎えがないことに機嫌を損ねて激怒するかと思っていた。

(来たばかりで、猫でも被っているのか?)

したたかな女であればそうであっても不思議はない。

「彼女は今どこに?」

「陛下に言われたとおり、宮殿の一番奥の部屋にお連れしましたよ」

「わかった」

セザールが言う〝一番奥の部屋〟とは、かつてレスカンテ国の愚王が後宮として使用していた離宮の一室だ。宮殿の中でも最奥に位置し、永らく使われていなかった。エディロンが普段使っている執務室やプライベート用の私室からも離れている。

「部屋がみずぼらしいと怒っていなかったか？」

王女用に用意した部屋は清潔にしたし、必要な品々はきちんと用意した。けれど、いわゆる豪華な調度品は置いておらず一見すると質素に感じるだろう。『必要以上の贅沢を許す気はない』という意思表示のためにしたことだが、蝶よ花よと育てられた王女であれば侮辱されたと怒っても不思議はない。

「いや、そういう反応はありませんでしたね。むしろ、部屋を見て喜んでいたような……」

「喜んでいた？」

エディロンは怪訝に思って聞き返す。

（どうなっているんだ？）

エリス国の王女と必要以上に関わる気はないが、こうも予想していた反応と違っていると、気味が悪い。

（一度、会いに行くか）

セザールから一通り王女の様子を聞いたエディロンは、気は進まないがその王女の様子を見に行くことにした。

一方その頃、シャルロットは案内された部屋で過ごしていた。

「あー、疲れた」

ひとりであるのをいいことに、シャルロットは両手を上に伸ばして大きく伸びをする。髪飾りや最低限の嫁入り道具として用意してもらった装飾品を外し、ほっと一息をつく。

何をするでもなく馬車に揺られていただけなのだけれど、ずっと離宮で過ごしていたので馬車に乗り慣れておらず、とても疲れた。

シャルロットは今さっき案内されたばかりの部屋を見回す。

(前回とは部屋も建物も違うのね)

一度目の人生、シャルロットに宛(あて)がわれた部屋は王宮の上層階に位置していた。夫婦の寝室を挟んで片側がシャルロットの私室、反対側がエディロンの私室という造りだ。本来は王妃が使うために造られた部屋で、まだ婚約者という立場だったが『シャルロットにいつでも会えるように』とエディロンが用意してくれたのだ。

しかし、今回は宮殿の奥深く、離宮の一室が用意されていた。ここからエディロンの部屋はだいぶ離れている。

「まあ、別にいいけどね」

最初から正式な結婚などする気がないのだから、顔など合わせないほうがいいだろう。

「それにこのお部屋、すごく素敵だわ」

一度目の人生の記憶のせいで、てっきりキラキラ輝く煌びやかな部屋に案内されるのだとばかり思っていた。しかし、実際に案内された部屋はとてもシンプルで、調度品も落ち着いたデザインのものが多い。

煌びやかな部屋も素敵だとは思うけれど、ボロボロの離宮で育ってきたシャルロットにとっては正直言うとこういう部屋のほうが落ち着くのだ。

部屋の広さも十分、調度品も一通り揃っているし、隙間風もない。

まさに、理想的な環境に思えた。

シャルロットはふと部屋の片隅に目を向ける。持ってきた僅かな荷物は既に室内に運び込まれていた。

荷物のほうへと歩み寄ったシャルロットは、積み重なる箱の一番上に置かれた竹籠(かご)の蓋をそっと開ける。

「ガル、おいで」

箱の中から飛び出してきたのは、シャルロットのペットである羽根つきトカゲだ。エリス国の離宮では羽根つきトカゲを二匹飼っていたが、そのうち一匹を連れてきた。もう一匹はジョセフの下にいる。

「閉じ込めっぱなしにしていてごめんなさいね」

シャルロットが謝罪すると、ガルは口をパクパクと開けて「ギャ」と鳴いた。返事をしているかのようなその仕草に、笑みが漏れる。

「すぐそこにお庭があったから、ここはきっとガルにとって過ごしやすいわ」

部屋の扉を開けて手を離してやると、ガルはすすっと外へと消えて行った。

「さてと――」

シャルロットは部屋の窓際に置かれた椅子に座ると、両腕を組んで外を眺める。

見えたのは、先ほどの開放廊下沿いにあった中庭と似た、人工的に造られた庭園だ。ただ、長期間放置していたのかだいぶ荒れている。きっと、この離宮は長いこと使われていなかったのだろうと予想が付いた。

「陛下の説得に向けて、準備しておかないと……」

シャルロットはここダナース国に王妃となるべくやって来たが、実際に結婚する気は全くなかった。だって、結婚したら死んでしまうのだから。

ただ、政略結婚なのに忽然(こつぜん)と姿を消したら大騒ぎになり、それこそ外交問題に発展しかねない。

そうなって父である国王が困ろうとなんとも思わないが、あの国にはまだ弟のジョセフがいる。なので、あまりことを荒立たせたくない。

なんとかして穏便に婚約破棄に持っていく必要があるのだ。

――トン、トン、トン。

そのとき、部屋の扉をノックする音がした。

「はい?」

「ダナース国王のエディロンだ。入るぞ」

(エディロン様!?)

シャルロットは動揺した。本日中に謁見の時間を設けるとセザールから言われてはいたものの、自分が謁見室に行くものだとばかり思っていたのだ。

「ど、どうぞ！」

シャルロットは少し上ずった声で答える。

すぐに扉がカチャリと開き、ひとりの男性――エディロンが入ってきた。

その姿を見た瞬間、どきんと胸が跳ねた。

彼とは、一度目の人生でしか会っていない。会わないようにずっと気を付けてきたから。

だから彼に会ったのはもうずっと昔のことなのに忘れもしない、そこにいたのは確かにエディロンだった。

（変わらないわね）

シャルロットはエディロンを見つめ、目を細める。

長身でがっしりとした体躯、精悍な顔つき、意志の強さを感じさせる目元。一目見た瞬間に、懐かしい感覚に囚われる。

同時に、自分に微笑みかけてくれたときの優しい眼差しや、真綿で包み込むように大切にしてくれた当時のエディロンの姿が重なり、ズキリと胸が痛む。

かつてこの男に刺し殺されたというのに、不思議と恨みの気持ちは湧いてこなかった。ずっと王妃に冷遇されてきたシャルロットにとって、エディロンとの思い出は幸せなものが多すぎた。

一方のエディロンはシャルロットの存在にすぐに気付いたようだったが、なぜか部屋の中を見回している。

「侍女殿。王女はどこに？」

「……王女はわたくしですが？」

「え？」

動揺したようなエディロンの表情を見て、冷や水をかけられたようにスーッと気持ちが冷めてゆく。懐かしさは一瞬で消え去った。

（彼にも侍女に間違えられるなんて）

かつて隣国の王子に侍女と間違えられたときの惨めな気持ちが甦る。しかも、前回は豪奢なドレスを着ているリゼットと一緒だったが、今回はシャルロットしかいないというのに。

「生憎、侍女は連れてきておりませんの」

シャルロットは皮肉を込めてそう言った。

「侍女がいない？」

「ええ、そうです」

シャルロットには、侍女など元々いない。いたのは最低限の食事などの世話をする使用人だけだ。

（リゼットが来ると思っていたのかしら？）

エリス国王がダナース国に対してどんな返答の書簡を出したのかは知らない。けれど、目の前のエディロンの反応からするとそんな気がした。

ダナース国からの書簡には『是非、エリス国の王女を――』と書かれていたという。それがリゼットを指しているのは明らかなので、ここにいるのが別人で驚いたのだろう。

「はじめまして、国王陛下。わたくしはエリス国の第一王女、シャルロット＝オードランでございます」

「…………」

エディロンは眉根を寄せたまま、シャルロットを凝視する。

「先日俺がエリス国で見かけた王女とあなたは別人のように見えるが」

「ええ、別人です。陛下がお会いしたのは第二王女のリゼット、わたくしは第一王女です」

「第二王女？　ああ、そうか。王女がふたりいるのか……」

エディロンは口元を押さえてぶつぶつ言いながらシャルロットの足下から頭の天辺までをまじまじと見つめる。

（せっかくエディロン様に会えたのだから、さっさと要望は伝えるべきね。今はふたりきりだし）

シャルロットがエディロンに伝えたいことはひとつだけだ。

「陛下にお願いがあります」

「お願いだと？　言ってみろ」

シャルロットは手をぎゅっと握る。これを言ってエディロンは怒らないだろうか。もしかすると、無礼だと斬り捨てられるかもしれない。

（でも。どうせ殺されるなら言いたいことを言ってから殺されたほうがいいわね）

シャルロットは勇気を絞り出すと、スーッと息を吸う。

「わたくしとの結婚を、取りやめてください」

「は？」

「わたくしとの結婚を、取りやめてほしいのです」

シャルロットはもう一度、同じ言葉を繰り返す。

「……なんだと？」

問い返すエディロンの声は低く、怒りに満ちていた。それこそ、シャルロットが一度も聞いたことがないほどに。

シャルロットはびくりと肩を揺らす。

「それは、ここがダナース国だからか？」

「え？」

質問の意図が掴めずに、シャルロットはエディロンを見返す。その金色の瞳の奥に怒りの炎が揺らいでいるのを感じ取り、ごくりと唾を呑んだ。

（どうしよう。なんて答えれば……）

回答によっては、この場で斬り殺される。そう感じるほど、エディロンからは怒気を感じた。

目まぐるしく頭を回転させる。下手に嘘をついてもエディロンには見破られるだろう。

「実はわたくし……、結婚というものがとにかく嫌なのです」

暫く視線を彷徨わせていたシャルロットは、観念してまっすぐにエディロンを見つめると、そう告げた。

返事を聞いたエディロンの表情から一気に毒気が抜ける。

「なんだと？　ダナース国に嫁ぐのが嫌だからでは？」

「いいえ？　どの国でも嫌ですし、相手が誰であろうと嫌です」

シャルロットは首を横に振る。

シャルロットは結婚するとその日に死ぬ。

その法則ははっきりとしていて、過去五回の人生では全部相手が違ったけれど結局同じ結末を辿った。つまり、誰と結婚しても結果は同じなのだ。

「どうかお願いします。なかったことにしていただけませんか？」

シャルロットは必死で言い募る。

「陛下もわたくしとの結婚を望んでいらっしゃらないでしょう？」

「なぜそう思う？」

「わたくしの顔を見て侍女と間違える人が、わたくしとの結婚を熱望しているわけがないことくらい、わかります」

シャルロットの答えに、エディロンは顔を顰める。

「侍女と勘違いしたことは謝罪しよう。だが、あなたも大きな勘違いをしている」

「勘違い？　陛下は妹のリゼットとの結婚を望んでいたのでは？」

「相手は誰でもいい。俺は『エリス国の王女』を望んだのだ。つまり、あなたでも問題ない」

「そんな！」

シャルロットは言葉を詰まらせた。

てっきり誰からも愛されるリゼットに一目惚れして彼女との結婚を望んでいるのかと思いきや、違ったようだ。そして、エディロンはエリス国の王女――つまり自分との結婚を望んでいる。

（なんとか説得しないと……）

ここでエディロンを説得できないことは即ち、自身の死を意味する。もう五回も無駄死にした。最悪な未来がわかっているのに、受け入れることなどできない。

一方のエディロンは困惑していた。

まず、セザールから王女が到着したと報告されたときから違和感は始まっていた。

『陛下が仰っていたような高飛車な感じではありませんでしたね。きちんと私に対しても礼を以て接していたし、出迎えた城の者達にも会釈して手を振っていました』

エディロンはそれを聞いて、意外に思った。あの王女ならダナース国の者になど絶対に頭を下げることなどないと思っていたから。

来たばかりで、猫でも被っているに違いないと判断したエディロンは、早めにエリス国の王女に会うことにした。

色々と釘を刺しておく必要があると思ったからだ。

離宮の最奥にある部屋の前に辿り着くと、エディロンは扉をノックする。

『ど、どうぞ！』

鈴を転がすような可愛らしい声だった。

扉を開けると、そこにはひとりの可憐な女性がいた。

腰まで下げた淡いピンク色の髪、水色なのだが中央にいくにつれて色が変わる虹を思わせるような不思議な瞳、真っ白な肌は陶器のようで頬はピンク色に色づいていた。

エディロンをまっすぐに見つめ、佇んでいる。

（王女はどこだ？）

エディロンは数カ月前、エリス国の王女と舞踏会で会っていた。目の前の女性とは違う。

ということは、この可憐な女性は王女が連れてきた専属侍女だろうと判断した。

ところがだ。

目の前の女性は王女その人だった。

『わたくしはエリス国の第一王女、シャルロット＝オードランでございます』

そう言われてようやく事態を理解する。セザールがエリス国で会ったのは第二王女、目の前の女性は第一王女であり、別人なのだ。

そして、シャルロットと名乗った今日来たばかりの婚約者はとんでもないことを言い出した。

『わたくしとの結婚を、取りやめてください』

そう言われた瞬間に、沸々と怒りが湧いてくる。この女もまた、ダナース国を平民の国家、自分が輿入れするような価値がないと見下しているのか。

しかし、怒りのままに問いただした結果引き出した言葉に、今度は混乱した。

『実はわたくし……、結婚というものがとにかく嫌なのです』

心の底から嫌なのだろう。その台詞は魂の叫びのようにすら聞こえた。

エディロンは困惑した。

国を纏め上げようと努力する父をすぐそばで見守ってきただけあり、人を見る目は確かだと自負している。彼女の言葉には、嘘はないように感じる。

(これは予想外だ)

エディロンは自分をまっすぐに見上げるシャルロットを見つめ返す。

結婚を止めてほしいとはっきりと言い切った態度とは裏腹に、よく見るとその手は小さく震えていた。本当はエディロンに意見するのが怖いのだろう。

「方法はなんでも構いませんの。医師が診察した結果、わたくしが子を成せない体だったというのはいかがでしょうか? もしくは、不貞を働いたとか。あ、なんなら病死したことにしていただいても構いません」

シャルロットはエディロンに向かって、必死に説得を試みようとしてくる。

その必死な態度を、エディロンは冷静に観察した。

国と国が合意した婚約を破棄するにはそれ相応の理由が必要だ。今シャルロットが提案した理由は、どれを選んでも彼女の評判を貶(おとし)めることになるだろう。

それに、死んだことなどにすればそこからの人生は全くの別人、かつ平民として生きることになる。王女であった彼女にとって、それは茨(いばら)の道だろう。

(そこまでして婚約破棄したいのか?)

嫌がる女性に無理強いすることはエディロンとて本意ではない。

しかし、これは国益のための政略結婚なのだ。周囲から下に見られるダナース国に神に愛された国の王女を迎えることにより、周囲の認識を改めさせるための。

「シャルロット王女」

エディロンの呼びかけに、シャルロットがびくりと肩を揺らす。

「これは国と国の約束事だ。あなたの〝生涯独身を貫きたいから〟という私的な事情で、取りやめることは難しい」

「そんな……」

シャルロットの顔が、目に見えて青ざめる。

彼女自身も自分が提案していることを押し通すのは難しいと理解しているのだろう。口をきゅっと引き結び、水色の瞳にはうっすらと涙が浮かんでいた。

（どうするかな……）

唇を噛みしめて泣くのを耐えるシャルロットの姿は、エディロンの同情心を誘うには十分だった。国のためとはいえ、彼女に対して意地悪をしたいわけではないのだ。

だが、エディロンは国王として『では、この結婚はなかったことに』と言うこともできない。

「では、こんな案はどうだろう？　結婚式を行うまでの間に、この政略結婚をしなくても問題がないほどに外交上のダナース国の地位を築ければあなたとの結婚も取り消していい」

「え？　本当ですか⁉」

真っ青だったシャルロットの顔が、一瞬で明るいものになる。

「ああ。この結婚を申し入れた理由は、ダナース国の国際的地位を向上させることだ。その目的を達成しているならば、お互いの意にそぐわない政略結婚をする必要はない。あなたがどこで何をしようと、構わない」

エディロンはそこで言葉を止め、シャルロットを見つめた。

「ただ、婚約期間は一年が限度だ。それ以上結婚を引き延ばせば、周辺国に妙な憶測を呼ぶ」

「ええ、わかります」

シャルロットはエディロンを見上げ、大真面目な顔で頷いた。

「それでよければ、約束しよう。あなたは好きなように過ごしてくれ。ああ、俺が協力を求めた際はきちんと協力してほしい」

「もちろんです！」

シャルロットはこくこくと頷く。

自分で提案しながらも、心が痛んだ。

一年以内に政略結婚が不要になるほどに対外的にダナース国の評価を上げる。それは数百メートル先にある的を一発で弓矢で射貫くような話——つまり、実現不可能な無理難題であることをエディロンは承知していた。

けれど、他に案が思いつかない。

一方のシャルロットは、全く悲観している様子はなかった。

「わたくし、陛下のお役に立てるよう精一杯努力させていただきます。ダナース国に繁栄がもたらされますように」

そう言ったシャルロットは、満面に笑みを浮かべる。

花が綻ぶかのような笑顔を向けられ、妙な感覚がする。

（おかしな姫君だな）

シャルロットへの第一印象はそれに尽きる。だが、嫌な気分は全くなかった。

シャルロットと話を終えたあと、エディロンはすぐにセザールの執務室に向かった。

「あ、陛下。どうでしたか？　そんな高飛車な感じじゃなかったでしょう？」

セザールはエディロンの来訪に気付くと、積み重なる書類の山から顔を出してこちらを見つめる。

「だから、俺が知るエリス国の王女とは別人だったんだ」

「は？」

「別人だった」

エディロンは先の舞踏会で会ったのは第二王女であり、ここに来ているのは第一王女のようだと説明する。

改めて、エリス国から来た求婚への返事を見返す。『娘を嫁がせる』と書いてあるがどこにも王女の名前がない。

「でも、先日の舞踏会はエリス国主催の大規模なものですよね。なぜその王女はそこに参加していなかったんでしょう？」

セザールが疑問を投げる。

エディロンは首を横に振る。

セザールの疑問は尤（もっと）もだった。諸外国を招いたあれだけの大規模な舞踏会を主催しておいて、開催国の王族が欠席するというのは通常考えにくい。しかも、エリス国王からは一部の王族が欠席しているという断りすらなく、まるで最初からいないかのような扱いだった。

「……………。セザール、少し彼女について調べてくれるか？」

「わかりました」

セザールは頷く。

(何もなければいいが――)

そこまで考えて、首を振る。

エリス国の王女を王妃に迎えようとしたら、やって来た王女は想像していた人物とは別人で、さらには顔を合わせるなり婚約破棄してほしいと言い出した。

これだけでも十分大事件だ。

遠ざかる足音を聞きながら、シャルロットはへなへなと椅子に座り込んだ。

「あー、緊張した……」

絶対に婚約解消の約束を取り付けると心に誓っていたけれど、いざエディロンを前にしたら緊張で体が震えた。最初、無理だと告げられたときは頭が真っ白になった。

でも――。

「ダナース国がしっかりとした国際的地位を築けたならば、政略結婚は不要だと言っていたわね」

真実はどうであれ、エリス国は神に愛された国と言われている。

エディロンの言葉から、おそらくダナース国は〝エリス国の王女〟を娶ることにより神に愛された国の王女を王族に迎え入れ、その地盤を固めようとしたのだと理解した。

ダナース国の周囲には多くの国々があるが、エリス国は最も歴史が古いし、神聖な国とされているのもエリス国のみだ。娶ったときの対外的印象に関するメリットが一番大きいと判断したのだろう。

「なんとしても婚約破棄を成功させないと」

そのためには、一年以内に目に見える成果を出さなければならない。

失敗すれば、待つのは〝死〟のみだ。

「ルル、ハール」

シャルロットは何もない宙に向かって呼びかける。

その呼びかけに応じて、部屋の中に忽然と白猫と文鳥が現れた。彼らはシャルロットの使い魔なので、シャルロットがどこにいようとも彼女の前に現れることができるのだ。

「お願いなのだけど、王宮や町の中を回って今どんな感じになっているか探ってきてくれる？」

今必要なのは、情報だ。ダナース国内の情勢について知る必要があるし、上手く婚約破棄できた際に備えて生活基盤を固め始めないとならない。

「いいにゃん」

「もちろん！」

ルルとハールは元気よく返事をする。

一匹と一羽は早速情報収集へと部屋を出ると、バラバラに姿を消した。

（それにしても――）

シャルロットは久しぶりに目にしたエディロンの姿を思い出す。逞しい体躯の凛々しく精悍な見目は、シャルロットの記憶の中と全く同じだ。

ただ、違う点もあった。

一度目の人生ではエディロンはシャルロットを蕩けるような甘い眼差しで見つめ、顔を合わせる度に愛を囁いた。けれど、当たり前だが今世では全くそれがなかった。

「あのときのあなたは、何を考えていたの？」

対外的な地位を盤石にするためにエリス国の王女を娶りたかったのは、一度目の人生も今回の人生も同じはずだ。なら、なぜあんな風にシャルロットを勘違いさせるような行動をとって、挙げ句の果てに〝ドブネズミ〟と吐き捨てて殺したのか。殺してしまっては、エリス国の王女を娶って対外的な地位を高めることもできなくなってしまうはずなのに。

（いいえ。もう終わったことね）

僅かに甦る胸の痛みを打ち消すように、シャルロットは小さく首を振った。

◆ 四、六度目の人生を謳歌します

ダナース国に来てから一カ月ほどが過ぎた。

この日、シャルロットは私室でハンカチに刺繍をしていた。

「よし、できた」

シャルロットは今完成したばかりのハンカチを目の前にかざす。幸運を象徴する四つ葉のクローバーと共に、ここダナース国では自由を表すとされる白鳥をあしらったデザインだ。

「まあ、シャルロット様。今回の作品もお上手ですね」

ひょっこりと覗(のぞ)き込んできて感嘆の声を上げたのは、シャルロット付きの侍女――ケイシーだ。

ケイシーは侍女をひとりも連れてこなかったシャルロットのためにダナース国が手配してくれた侍女で、三つ編みにした焦げ茶色の髪の毛と少し小さめのお鼻がチャームポイントの、可愛らしい女性だ。年齢はシャルロットと変わらぬ、十九歳だ。

「ふふっ、ありがとう」

褒められて悪い気はせず、シャルロットはケイシーににこりと微笑みかける。

五回目の人生で、シャルロットは刺繍で生計を立てていた。刺繍の腕には自信がある。

「よかったら、ケイシーに一枚あげるわ」

シャルロットはこれまでに作った刺繍入りハンカチの一枚をケイシーに差し出す。

黄色の花があしらわれたものだ。

「え、いいのですか？」

ケイシーはびっくりして目を丸くする。

「もちろん。ケイシーにはいつもお世話になっているから」

シャルロットはにこりと微笑む。こんなことで喜んでもらえるなら、何枚でもあげたいくらいだ。

（残りはそろそろ売りに行こうかしら）

シャルロットはだいぶ数がたまった刺繍入りハンカチを眺めて考える。

エディロンから、条件が整えば婚約を破棄しても構わないという言質を取ったシャルロットの行動は早かった。ルルとハールに頼んで色々と情報を集めながら、婚約解消後の生活も見据えて計画を練り始めたのだ。

婚約解消されたシャルロットがエリス国へ戻ることをあの国王夫妻がこころよく思うはずがない。ならば、自分で食い扶持を見つけて生活するしかないのだ。

その第一歩として、こうして刺繍を作っては売って現金を作っていた。僅かながら宝飾品も持っているが、平民として平穏に過ごしたいのならばそれを売るのは得策ではないことをシャルロットは五度目の人生で知っていた。

貴族でもない人間が高価な宝飾品を売りに出せば、盗品だと疑われて騒ぎになるか、偽物だと決めつけられて不当に買い叩かれるだけだ。

「シャルロット様。本日はとてもお天気がよろしいですわ。よろしければ、午後から訓練場に散策に行かれませんか？」

空気の入れ換えのために窓を開けて外を眺めていたケイシーが振り返る。

「訓練場？　わたくしはいいわ。別の場所に出かけたいから」

「そうでございますか」

ケイシーは残念そうに眉尻を下げる。

訓練場には、一度目の人生でよく訪れた。週に一度、エディロンが直々に騎士団の訓練状況を視察し、自身も稽古をつけるのだ。

あの当時、剣を振るうエディロンを見てシャルロットはまるで恋物語の中でお姫様を救い出す英雄のようだと胸をときめかせたものだ。

(その剣で自分が刺されるなんて、夢にも思っていなかったわよね)

エディロンはシャルロットとの婚約破棄の約束を周囲には話していないようだった。

ケイシーは、婚約者なのにもかかわらず全く交流を持とうとしないエディロンとシャルロットを心配して、気を回してくれたのだろう。

「せっかくのお誘いなのにごめんなさいね」

「いいえ、お気になさらずに」

「ケイシーはわたくしに気にせず、見に行ってきてもいいのよ?」

「え? わたくしは別に……」

「本当に?」

揶揄(からか)うように目を細めると、ケイシーの頬がバラ色に染まる。

(ふふっ、可愛い)

一度目の人生でも、ケイシーはシャルロット付きの侍女を務めていた。そのときに、『騎士団に恋人がいる』と聞いたことがあったのだけれど、この様子だと今回の人生でもそうなのだろう。

(可哀想なことしちゃったかしら?)

シャルロットが出かけるとなると、仕事に真面目なケイシーはこちらの同伴を優先して訓練所には行かないだろう。彼女に対して、ちょっと悪いことをした気になる。

「今日は無理だけど、今度行こうかしら」

「本当ですか？　是非！」

その言葉を聞いたケイシーはパッと表情を明るくする。思ったとおり、本当は行きたいのだ。

「本日はどちらへ？」

「城下に行こうと思うの。孤児院も行きたいし。あとは、図書館に行きたいわ」

「では、準備のお手伝いをしますね」

ケイシーは開いていた窓を閉めると、シャルロットの下に歩み寄り髪の毛をとかし始めた。

「髪飾りはどうされますか？」

「えっと、ドレッサーの上に置かれた金細工のものを」

「かしこまりました」

ケイシーは小さく頷くと、ドレッサーに置かれていたシャルロットの宝物へと手を伸ばす。

「シャルロット様は本当にこちらがお気に入りなのですね」

「ええ。母の形見なの」

「そうなのですか。素敵ですわ」

ケイシーは微笑むと、それをシャルロットの髪につける。蕾だけの地味なデザインの髪飾りだけれど、なんだか印象が明るくなった気がした。


その数時間後、シャルロットはとある孤児院にいた。

「お嬢様。これ、どうかな？」

「まあ、上手ね！」

十歳前後の男の子が差し出してきたトレーには、こんがりと焼き色の付いたクッキーが載っていた。生地にはナッツやドライフルーツが練り込まれており、甘ーい香りが鼻孔をくすぐる。

「えへへ」

男の子は照れたように笑うと、頬を掻く。

「僕、将来はお菓子職人になろうかな？」

「とっても素敵な夢ね。是非、わたくしをお客さん第一号にしてね」

シャルロットはにこりと微笑むと男の子の頭を撫でる。

「うん、わかった。僕、頑張って勉強するね」

男の子は照れたように笑うと、持っていたトレーを見つめる。シャルロットはその様子を見て、ほっこりとする。

シャルロットがこの孤児院を訪れたきっかけは二週間ほど前に遡る。

国の状況を知るのと同時に婚約解消後にどうやって生計を立てるかの情報収集のために訪れた城下で、たまたまこの孤児院を見つけたのだ。

（それにしても、ダナース国は社会福祉制度が整っているのね）

恵まれた者がいる一方で、貧しい者がいる。それはここダナース国でも同じなのだが、ダナース国はシャルロットがこれまでの人生で関わったどの国よりも救済制度が整っているように感じた。

エリス国では貴族や王族が孤児院などを慰問することは『恵まれた者の義務』とされていた。過去のループで他の国に嫁いだこともあるが、どの国でもその考え方は共通していたためシャルロットは色々な国の孤児院を訪れたことがある。その経験を踏まえた上で、ダナース国の福祉制度は整っていると思った。

現に、こういった孤児院の子供達でさえもしっかりとした教育を受け、将来の夢を描くことができるのだから。

（一度目の人生では一年間もダナース国で過ごしたはずなのに、全然気が付かなかったわ）

自分がいかに世間知らずだったかを実感する。

故郷のエリス国は〝神に愛された国〟と呼ばれていたけれど、ここよりずっと貧しい人達がたくさんいた。

シャルロットは五度目の人生で、平民として生きる道を選んだ。放浪している途中で、家もなく食べるものにも困っている子供達をたくさん見てきた。

（神に愛された国だなんて、名前だけね）

自分の故郷を思い、複雑な気持ちになる。

「お嬢様。このように素敵な刺繍をありがとうございます。子供達も喜びます」

感傷に浸っていると、孤児院の先生がシャルロットに声をかけてきた。先ほど、刺繍をした小物をいくつかプレゼントしたのだ。

シャルロットはケイシーに、彼らに気を使わせないために自分が隣国の王女、かつ国王であるエディロンの婚約者であるとは明かさないでほしいと伝えた。この孤児院の先生はシャルロットのことをどこぞのお金持ちの令嬢だと思っているはずだ。

「いえ。喜んでいただけて嬉しく思います」

シャルロットはにこりと微笑み返した。

孤児院をあとにしたシャルロットは、その足で商店街へと足を運ぶ。賑やかな商店街を歩きながら、並べられた商品の数々に目を向けた。

(毎回思うけど、本当に品揃えがすごいわね)

例えばお茶ひとつ取っても品数が豊富で、諸外国のものまで幅広く揃っている。貴族の権力が強いとある特定の地域や商社のものばかりが売られるという寡占(かせん)状態に陥り(おちい)がちだが、ダナース国ではその辺を上手く調整しているのだろう。

「あ、あれ」

シャルロットはふと懐かしいものを目にして足を止める。

「どうされましたか?」

シャルロットの声を拾ったケイシーが不思議そうにこちらを見る。

「スナーシャの実だわ」

「スナーシャ?」

ケイシーは首を傾げて、シャルロットの視線の先を見る。

そこには、ぽつぽつのあるくすんだ黄土色の果物が売られていた。スナーシャと呼ばれるこの果物は、三度目の人生のときに嫁ぐために長期滞在したラフィエ国でよく見かけた。

中には白い果肉が詰まっており、地味な見た目に依らず味はとても甘くて瑞々しい。ラフィエ国に行って初めてこれを口にしたシャルロットは、すっかり気に入って毎日のように食べていたものだ。

「お嬢様、よくご存じですね。今の時期は特に甘くて美味しいですよ」

シャルロットとケイシーの会話が聞こえていたようで、青果店の店主が声をかけてくる。

「スナーシャをどこかで栽培しているの？」

「ラフィエ国から輸入したものを最近取り扱うようになったんですよ。道路が整備された上に関所で足止めされることがなくなって、運ぶ日数がかからなくなったから」

店主は陽気に笑う。

「よかったらどうだい？」

「頂こうかしら」

シャルロットは釣られるように相好を崩す。

城下に来て最初に、シャルロットは貴族御用達の高級ブティックに立ち寄り刺繍を施した品々を売ってきた。今は少しだけ自由に使えるお金がある。

結局、シャルロットはスナーシャの実をふたつ購入した。

その後も歩きながら店を眺めていると、珍しいものが色々と売られていることに気付く。

(これは、勢いもあるはずよね)

ダナース国は野蛮な平民が作った張りぼての新興国家だが、経済的な勢いがあり軍事力も強いので無視できない存在。

それがダナース国の周辺国からの評価であり、だからこそエリス国王もダナース国から政略結婚の打診があった際に断ることは難しいと判断した。

(野蛮・張りぼてというのは同意しかねるけど、経済的な勢いがあるのは間違いないわ)

過去何カ国か訪問したシャルロットからしても、ダナース国は町全体が活気づいていると感じる。

シャルロットは大通りを眺める。行き交う多くの人々の表情は生き生きとしていた。

(きっと、陛下は為政者としては有能なのね)

かつて愛した男であり、自分を殺した男でもあるエディロン。思い返せば、シャルロットはエディロン自身のことをほとんど知らないことに気付いた。

——為政者として優秀。

だからこそ、彼は政略結婚で最も多くの恩恵が得られる相手——エリス国の王女を娶ることを打診した。

(じゃあ、あのときわたくしを殺したのにも意味があったのかしら?)

シャルロットはなぜ彼が一度目の人生で自分を殺したのかもう一度考えてみる。

(結婚した場合に、もっとメリットがある相手が現れた?)

けれど、すぐに違うだろうとその考えを打ち消した。

たとえもっとメリットがある相手がいたとしても、シャルロットを殺せばエリス国との関係は悪くなるし周辺国からの心証も悪くなる。そこまでして結婚するメリットがある相手がいるとは考えにくい。

色々と考えてみたけれど、どんなに考えてもやっぱりわからなかった。

執務室で書類を眺めていたエディロンは、思わぬ情報に顔を上げた。

「なんだと？　シャルロットが？」

「はい。我が国に来て以降、頻繁に城下に抜け出しています」

今さっき情報を持ってきたセザールが頷く。

「一体どこに？」

「御者の話では、行き先はいつもグランバザール大通りだと」

「あそこか」

グランバザール大通りは、ダナース国の王都でも最も栄えている場所のひとつだ。貴族向けの高級ブティックが軒を連ねている。おおかた、ドレスやアクセサリーでも見に行ったのだろうと思った。

シャルロットに対して、エディロンは特に行動の制限をしていない。

ダナース国の国民はレスカンテ国時代、長きにわたり当時の政権により不当な弾圧を受けていた。そのためダナース国では国民の自由の保障には特に力を入れており、それはエディロンの婚約者であるシャルロットも例外ではないからだ。

だが、頻繁と聞いて別のことが気になった――。

「彼女には、俺が言ったとおりの予算を？」

「もちろん。それ以上でも、それ以下でもありません」

「そんなにしょっちゅう買い物していて、足りるのか？　ツケは払わないぞ」

エリス国の王女を迎えるにあたり、エディロンは彼女の生活のために必要な額を予算としてしっかり確保した。王妃として生活するには交際費などそれなりの額が必要になるだろうと判断してのことだ。

しかし、それはあくまでも〝必要な額〟であり、〝湯水のように使える額〟ではない。そんなことをすれば国民の血税を私的な贅沢に使ったレスカンテ国の王族達と同じになってしまう。

シャルロットが国税を使って必要以上の贅沢をするなどのおかしな行動をすれば、エディロンはもちろん、現政権への不満に繋がる可能性があるのだ。

「今のところ、財務省からツケ払いの連絡はないですね」

眉根を寄せるエディロンに対し、セザールは肩を竦めて見せる。

「それと、シャルロット様について調べていた件の情報が纏まりました」

セザールは持っていた書類をエディロンに見せるように持ち上げる。

「本当か？」

「ただ、内容に疑問を覚える部分があり——」

セザールがなぜか渡すことを渋るような仕草をしたので、エディロンは「いいから見せろ」と言ってセザールが持っていた書類をもぎ取るように奪う。

そこには、シャルロットがダナース国に来た日に『彼女について調べてほしい』と命じた調査結果が記されていた。

エディロンはその報告書を一枚、また一枚と捲る。

「彼女は側妃の子供なのか」

そこには、シャルロット＝オードランは間違いなくエリス国の王女であると書かれていた。母親は辺境の村出身の魔女であり、既に死別しているようだ。

そしてその母親が亡くなってほどなくした頃からシャルロットは一切公式の場に姿を見せなくなり、また公式にその消息が発信されることもなく、謎に包まれた人物であることが記されていた。

普段は宮殿の敷地内にある離宮で弟とふたりで暮らしており、第一王子であるその弟は酷く体が弱く立ち上がることもままならないらしい。

そしてシャルロット自身も体があまり強くなく、多くは出歩けないようだ。ごくまれに王宮に出向くときはいつも俯き髪で顔を隠し、話しかけられてもボソボソと消え入りそうな声で一言しか喋らないらしい。

病気のせいで、直視できないほど醜い姿になってしまったのではないかとも噂されている。

「健康そのものに見えたぞ。実際、頻繁に出歩いているのだろう？　それに、顔もしっかりと見たが醜くはなかった。むしろ、美人だ。受け答えもしっかりしている」

「ですよね。不思議なことです」

報告書を持ってきた張本人であるセザールもしきりに首を傾げている。

（どういうことだ？）

エディロンはじっと考え込む。

この報告書に書かれているシャルロット＝オードランと、婚約破棄してほしいとエディロンに訴えたシャルロットがどうしても結びつかない。

「予算内で買い物しているだけならいいのだが……」

「え？」

エディロンの呟きに、セザールが不思議そうな顔でこちらを見つめる。

「いや、なんでもない」

エディロンはそう言うと、口を噤んだ。

報告書とはあまりに違う人物像に、真っ先に思い浮かんだのは〝彼女は実はシャルロット＝オードランではなく、全くの別人である〟ということだった。

（まさかな……）

国と国が約束した政略結婚に全く別の人物を宛がうなどあり得ない。

だが、エディロンの中で何かが引っかかる。

（……スパイ行動でなければよいのだが）

シャルロットとは条件が整えば婚約を破棄することになっている。

しかし、そのことはふたりだけの秘密であり、対外的にはシャルロットはエディロンの婚約者だ。国王の婚約者という立場を利用してダナース国内の情報を引き出し、それを自国や他の国に売ることもやろうと思えばできる。

（彼女のことは、よく監視しておいたほうがいいな）

思えば彼女がここに来てからの一カ月、碌に顔も合わせていない。

シャルロットには条件が整えば婚約解消してもいいと伝えているものの、彼女を娶らずに周辺国がダナース国を見る目を変えるような上手い方法が見つかったかといえばそういうわけでもない。となると、いずれはシャルロットと結婚することになる可能性が高い。彼女を知ることにより、こんな馬鹿げた疑惑はさっさと払拭するべきだ。

それに、ダナース国では近々建国二十年を祝う祝賀パーティーが大々的に行われることになっていた。シャルロットにはそこに、国王の婚約者として参加してもらう必要がある。

「シャルロットは今日も町へ？」

「はい。先ほど戻られたようです」

「わかった。少し顔を見に行く」

エディロンは執務机に両手を置くと、すっくと立ち上がった。

エディロンがシャルロットの部屋に向かっているとき、シャルロットは三時の菓子を楽しんでいるところだった。

今日のおやつは孤児院の男の子にもらったクッキーだ。毎回とても美味しく焼き上がるので、今度のバザーでもこれを売ろうと話をしている。

「ルル。今日は何か面白い話はあった？」

シャルロットは自身の使い魔――白猫のルルに話しかける。床にいたルルはポンとシャルロットの前に置かれたテーブルの上に飛び乗る。

「今日は訓練場に行ったら、あの男の人がいたわよ。もっと気合いを入れろって叫んでいたわ」

「ふーん」

シャルロットは鼻を鳴らす。

あの男の人とは、間違いなくエディロンのことだろう。ケイシーが今日訓練場に行こうと誘ってきたのは、やっぱりエディロンが視察に来るからだったようだ。

「他には何かある？」

「他？　えーっとね」

ルルはストンと床に座り、髭を揺らす。

「あ、そうだわ。今日は厨房に行ったのだけど、今度のパーティーの食事を何にするかってみんなで悩んでいたわ」

「パーティー？」

（あ。そういえば――）

パーティーと聞いて、懐かしい記憶が甦る。

一度目の人生のとき、ダナース国に滞在中に一度だけ社交パーティーが開催されたことがあった。建国二十周年を記念するもので、諸外国の国賓も招いたかなり大規模なものだったと記憶している。

「今回も、あの社交パーティーを開くのかしら」

シャルロットは口元に手を当てて考え込む。

（あのときって、確か——）

ダナース国では、諸外国のように貴族達が集まる華やかな社交パーティーを頻繁に行う文化がない。

ダナース国の前身であるレスカンテ国の国王が毎晩のように煌びやかな舞踏会を開催していたのは既に二十年も昔のこと。王宮の使用人達も社交パーティーというものに慣れておらず、来賓の方々の評価は散々だったと記憶している。

「それって、まずいわ」

シャルロットは顔色を青くする。

エリス国の王女を娶る必要がないくらい国際的な地位を向上することができたら婚約を破棄してもいいと、エディロンは言った。なのに、このままではその社交パーティーで諸外国からマイナス評価を受けることになる。

「なんとかしなくちゃっ！」

こうしてはいられない。のんびりクッキーを食べている場合ではないと、シャルロットは立ち上がる。

窓の外を見ると文鳥の使い魔――ハールが飛んでくるのが見えた。

「ハール、お帰りなさい」

シャルロットは窓際に歩み寄る。ハールはパタパタと羽を羽ばたかせ、シャルロットの正面に舞い降りた。

「ただいま。今、男の人がこっちに歩いて来るのが見えたよ」

「男の人？」

心当たりがなく、シャルロットは不思議に思って首を傾げる。そのとき、ドンドンと扉をノックする音がした。

「はい？」

「俺だ。エディロンだ」

（エディロン様⁉）

これまでここを訪ねて来ることなど一切なかったのに、一体どういう風の吹き回しなのだろうか。慌てて扉を開けると、そこにいたのは間違いなくエディロンその人だった。

シャルロットは目を丸くしながらも、エディロンを部屋に通す。

「どうなされましたか？」

シャルロットはエディロンに尋ねる。

「今日は何をしていた？」

「今日？　外出しておりました」

「どこに？」

「町にです」

「町のどこだ？」

「どこって……」

（なんでこんなことを聞いてくるのかしら？）

半ば尋問のような問いかけに、シャルロットは不快感を覚えた。

「グランバザール大通りのマダム・ポーテサロン、ハイネ教会付属孤児院、それに大通りの商店街です」

「何を買った？」

「………。フルーツ……スナーシャをふたつです。このお答えで満足ですか？」

理由も明かされずに質問攻めにされ、シャルロットは表情を消して淡々と答える。

そこで、エディロンはようやくシャルロットがこの問いかけを不快に思っていること
に気付いたようだ。

「わたくし、特に行動の制限を申し伝えられた覚えはないのでご迷惑をおかけしない
範囲で外出していたつもりでしたが、何か問題ありましたでしょうか？」

「いや、何も問題はない」

エディロンは首を横に振る。

（じゃあ、なんなのよ？）

質問の意図が全く掴めない。

「ところで、スナーシャとはなんだ？」

「陛下はご存じありませんか？ こういうフルーツです」

シャルロットは今日買ってきたばかりの黄土色のフルーツを鞄から取り出してみ
せる。

「初めて見たな」

「召し上がってみますか？ 甘くて美味しいですよ」

前世でもエディロンがスナーシャを食べているところを見たことはないが、きっと
好きだろうと思った。前世のエディロンは瑞々しいフルーツを好んでよく食べていた

から。

答えないエディロンの様子から勝手に『食べる』と判断したシャルロットはサイドテーブルから小さなフルーツナイフを取り出す。

「おい。慣れない刃物を触ると手を切るぞ」

「大丈夫です。慣れていますから」

エディロンは眉根を寄せたが、シャルロットはそれを無視して器用にフルーツの皮を剥く。

エリス国の離宮にいた頃は、よく宮殿内の庭園に実っているフルーツの実を採ってきては自分達でカットして食べていた。だって、食事の量がいつも微妙に足りないから。

それが王妃の嫌がらせであることは気付いていた。けれど、文句を言うと『意地汚い』と罵られて食事が抜きになるだけなので、いつもそうやってジョセフと協力しながら凌いできたのだ。

綺麗に剥かれたスナーシャを皿に載せてエディロンの前に置くと、エディロンはじっとそれを見つめる。

「召し上がらないのですか？」

「いや……」

「あっ。もしかして、毒見が必要ですか？」

エディロンは、国王だ。毒を盛られることを恐れているのではないかと思ったシャルロットは、そのお皿からひとつを摘まみ上げると、自分の口に入れる。じゅわっと甘い果汁が染み出る。

「うーん、美味しい」

懐かしい味がした。三度目の人生では、ラフィエ国に滞在中に幾度となくこれを食べたものだ。

「さあさあ、陛下もどうぞ」

「そういうことではなかったのだが……」

なぜか呆れたようにこちらを見るエディロンの様子に、シャルロットは首を傾げる。

エディロンはカットしてあるスナーシャをフォークで取ると、じっとそれを見つめる。

そして、おもむろに口に入れた。

「……美味いな」

「でしょう！　絶対に陛下は好きだと思いました」

「なぜそう思ったんだ？」

「なんとなくです」

本当は、前世の記憶でこういう瑞々しいフルーツが好きであることを知っていたからだけれど、それは言えない。シャルロットはエディロンの問いかけに、適当に答える。

「エリス国ではこれが日常的に出てくるのか？」

「いいえ。スナーシャはラフィエ国の名産品です。内陸のからっとして昼夜の寒暖差が大きい気候でないと、美味しく育たないのです。ダナース国との国境付近でも栽培しているそうですよ。これは、それを仕入れたらしいです」

シャルロットはすらすらと答えると、また一口スナーシャを嚙る。釣られるようにエディロンも、もうひとつ口にした。

（お気に召したかしら）

黙々とスナーシャを口にするエディロンを見ていたら、先ほどの不快感はすっかりと霧散していた。

一方のエディロンは会話しながらもじっとシャルロットを観察していた。

セザールが先ほど持ってきた報告書に書かれたシャルロット＝オードランは引きこもりがちで性格は内気。いつも俯き顔を隠し、聞き取るのが困難なボソボソとした喋り方をする女性だ。

しかし、目の前のシャルロットは毎日のように外出するほど活動的で、はきはきとしていて快活だ。どう見ても内向的とは言えない。

それに、エリス国では見かけることがないというスナーシャというフルーツについて詳しいことも不思議だったし、ナイフを器用に使えるのも違和感があった。王女として育ってきたのならば、普通は使えなさそうなものだ。

「ところで、陛下はなぜここに？」

正面に座るシャルロットが不思議そうにこちらを見つめる。

「愛らしい婚約者に会いに来たと言ったら喜んでくれるかな？」

「そんな嘘はいりません。本当の理由を仰ってください」

シャルロットはムッとしたように口を尖らせる。

陰気で俯きがちどころか、とても表情が豊かだ。

「つれないな」

エディロンはフッと笑う。

「本題はこれだ」

ポケットから一枚の書類を出すと、それを見た瞬間シャルロットの表情が変わった。

「これ……建国二十周年の記念祝賀パーティーですね？」

「そうだ。よくわかったな？」

エディロンが持ってきた書類には、社交パーティーが行われる旨と日付しか書かれていなかった。

「ダナース国は社交パーティーを開く文化があまりありません。今の時期に王宮主催のパーティーを開くとしたら、それしか考えられません」

（なかなか鋭い洞察力だな）

エディロンは内心で舌を巻く。一方のシャルロットは、何かを考え込むように口元に手を当てたまましじっと動きを止めている。形のよい眉が少し寄っている。

「これに、俺の婚約者として参加してもらう。いいな？」

「もちろんです。そういうお約束ですから」

シャルロットは真剣な表情で頷く。

その後も、言いよどむような仕草をしていたが、何かを決心したのかまっすぐにエディロンを見つめてきた。

「陛下。お願いがあります」

「お願い？」

「今度のパーティーのおもてなしについて、わたくしにお任せいただけませんか？」

シャルロットは胸に片手を当てると、はっきりとそう言った。

「なんだと？」

エディロンは驚いて目を見開く。

シャルロットは少し緊張しているのか、その面持ちは固い。

しかし、こちらをまっすぐに見つめる瞳は真剣そのものだった。

シャルロットの部屋を訪問した数日後のこと。
エディロンは城下をお忍びで視察したあとに、王都の商工会議所に立ち寄った。
忙しい執務の合間にも、極力それと目立たぬようにして城下の様子を見に行くようにしている。元々平民として生を受けたエディロンは、民に寄り添わず彼らの不平不満を燻らせるとのちに取り返しの付かない大きな問題を引き起こす可能性があることをよく理解していたからだ。

出迎えてくれたのはここの所長をしている初老の男性だ。エディロンに気付くと、目尻に刻まれた深い皺をより一層深くし、人のよい笑みを浮かべる。

「ようこそいらっしゃいました。陛下」

「ああ、久しいな。調子はどうだ？」

「陛下のご配慮のお陰で、ここ数カ月で物流量が二割増加しました」

「それはよかった」

エディロンは口元に笑みを浮かべる。

つい先日、エディロンの勅命の下、関係官庁が一丸となって取り組んでいた施策が施行された。それは、ダナース国内の各諸侯が治める領地ごとに設けられていた通行関所の通過に関する諸手続を大幅に簡略化するというものだ。これまでは領地を跨ぐ度に面倒な申請書を記入して一回一回手続きしなければならなかったものが、原則として不要になった。

これにより、流通が活発になり経済活動も盛んになることを期待してのことだ。

「これまで王都にはなかなか入って来にくかったものも流通し始めていますよ。是非、ご覧になってみてください」

入って来にくかったもの、と聞いて、先日シャルロットと一緒に食べたスナーシャが真っ先に思い浮かんだ。

「ああ、そうみたいだな」

エディロンは軽く頷く。

「では、また暫くしたら話を聞きに来る」

時間もないので、エディロンは片手を上げてその場を去ろうとした。

「あ、そうだ」

商工会議所の所長が声を上げたのでエディロンは振り返る。

「どうした？」

「陛下の婚約者様が隣国からいらっしゃったそうですね。おめでとうございます」

「……ああ、ありがとう」

エディロンがエリス国の王女を婚約者として迎えたことは既に国民に知らせてある。

初日のシャルロットとのやり取りを思い出し（あまりめでたくはないんだが）と思ったものの、祝辞を否定するのもおかしいので何事もないように頷く。

「なんでも、今度のパーティーの取り仕切りを王女様が行うんでしょう？　用意したい物リストを作って、直接店まで打ち合わせにいらしたそうですよ」

「シャルロットが？　商店に？」

エディロンは意外な話に、目を丸くする。

「はい。商店の者もびっくりしていましたよ。非常に精緻な計画表を作っておられたと」

「そうか」

シャルロットにパーティーの取り仕切りの一部を任せはしたものの、まだどういう計画になったかの話はきちんと聞いていない。けれど、所長の話を聞くにきちんと計画して、進行を進めようと努力しているようだ。

「よい王妃様がいらっしゃいましたね。挙式の日程が発表されておりませんが、いつ？」

「……十カ月後だ」

所長ににこにこと笑みを向けられ、エディロンは一瞬言葉に詰まったがそう答える。

「さようですか」

もっと早く挙式すると思っていたのだろう。まだまだ先だと知ると、所長は残念そうに眉尻を下げた。

その帰り道、エディロンはふと子供の歓声に気付いた。そちらを見ると、交差する通り沿いに数人の子供達が集まっていた。

(子供が遊んでいるのか)

特段気に留めることもなく、そこを通り過ぎようとした。しかし、視界の端にピンク色のものが見えた気がして足を止める。そこに、いるはずのない人物を見つけたからだ。

(シャルロット?)

シャルロットの髪の毛は淡いピンク色をしている。ダナース国では珍しい色合いなので目立つのだ。

(何をしているんだ?)

時々孤児院を訪問しているのは知っていたが、その現場を見るのは初めてだ。ちょうど近くに停まっている馬車の陰に隠れ、そっと様子を窺う。

子供達がシャルロットの周りに集まっている。シャルロットは絵本を読み聞かせているようだ。

(これは……慈善活動なのか?)

持てる者から貧しい者達への慈善活動はダナース国でもよく見られる。

純粋に奉仕精神でやっている者もいれば、富を握る自分達への批判を避けることを目的とする者や、選挙に向けた政治的パフォーマンスで行っている者もいる。

ただ、シャルロットの読み聞かせはエディロンが知っているものとはだいぶ違った。

貴婦人の読み聞かせとは、子供達が講堂に集められて正面の一段高い位置に立つ貴婦人が読む話をありがたい言葉でも聞くかのように行われるのが常なのだ。当然、子供達は貴婦人の言葉に背筋を伸ばして聞き入ることが求められる。

一方、シャルロットは孤児院の軒先に座り込んで本を読み聞かせており、子供達はじっと聞いている者もいれば他の遊びをしながら聞いている者もいる。

「お嬢様。次はこれ」

五歳前後と思われる子供が一冊の絵本をシャルロットに差し出す。「いいわよ」と答えたシャルロットは女の子を自分の膝に乗せ、その本を読み出した。

それは、大きな大きなパンケーキを焼いた少年がそれを配りながら旅をするという不思議な童話だった。

「お嬢様。パンケーキって何？」

子供のひとりがシャルロットに問いかける。

「ふわふわのパンみたいなケーキよ」

「ふうん。それ、美味しい？」

「ええ、とっても。わたくしも大好きなの」

シャルロットはそこまで話すと、口の下に人差し指を当てて考えるように視線を宙に向ける。

「うーん、どこかに売っているかしら？　見つけたら、買ってきてあげる」

「本当？　わあ、約束よ？　楽しみにしているわ」

子供は嬉しそうに笑顔を見せ、シャルロットに抱きついた。

（エリス国ではこれが普通なのか？）

自分の知る王侯貴族とは違いすぎて、衝撃を受けた。もしやこれがエリス国では普通の姿なのかと思ったが、すぐに違うと気付き首を振る。

もしこれが普通ならば、舞踏会で出会ったエリス国の第二王女がエディロンを見下したような目で見ることはなかっただろう。

エディロンは本を読むシャルロットと子供達を見る。

時折会話を挟みながら微笑み合う彼らは、心からその時間を楽しんでいるように見える。

そして、子供達を見つめるシャルロットはエディロンが知るどの女性よりも美しかった。

その日の晩、エディロンはシャルロットの下を訪ねた。

「俺だ。エディロンだ。入るぞ」

ドアを開けると、なぜか外出用の外套を着込んだシャルロットがソファーに座って待ち構えていた。

「お待ちしておりました。どうなされたのですか？」

「あなたにこれを届けようかと思って」

エディロンはシャルロットに小さな籠を差し出す。

「これは？」

シャルロットは中身の予想が付かないようで、小首を傾げながら籠を受け取る。しかし、中身を確認してすぐに表情を明るくした。

「まあ、パンケーキですね？　どうされたのですか？」

「今日、孤児院で読み聞かせするあなたを見かけた。ちょうどパンケーキの話をしているのを聞いてな。厨房の者に作らせた」

「まあ」

シャルロットは見られていたことを全く気付いていなかったようで、目を丸くする。

「声をかけてくだされればよかったのに」

「楽しそうだったから、水を差しては悪いと思った」

「陛下は一緒に遊んでくださるでしょう？」

シャルロットはにこりと笑うと、すっくと立ち上がる。

「侍女が出払っているので、お飲み物を用意します」

「お湯がないだろう」

「それくらいなら大丈夫です」

シャルロットは水差しからポットに水を入れると、そのポットに手を当てる。暫くすると、ポットの注ぎ口からは白い湯気が立ち上った。

「すごいな。それは魔法か？」

エディロンは驚いて感嘆の声を漏らす。

「はい、そうです。わたくしはこれくらいしか使えませんが」

「それだけでも大したものだが」

シャルロットはちらりとこちらを見ると、小さく微笑む。

「そんな風に言っていただけるのは、ここがダナース国だからですね」

その寂しそうな表情を見て、シャルロットはエリス国の王女としてはあまり魔法が上手く使えないと見なされているのだろうと察した。

美しく色づいた紅茶が、先ほど手渡したパンケーキと共にエディロンの前に置かれる。シャルロットは自分の前にも紅茶とパンケーキを置くと、そのパンケーキを手で千切って一口食べた。

「美味しい」

「それはよかった。そんなものでよければ、事前に言えばあなたが孤児院に行く際に用意してもらえるように厨房の者に伝えておこう」

「本当ですか？ ありがとうございます！ 帰り際に商店街を注意して見てみたのですが、パンケーキって意外と町では売られていないのです」

シャルロットはパッと表情を明るくする。

「いや。俺のほうこそ礼を言おう」

「何への礼でしょうか？」

「ダナース国の国民に寄り添ってくれた礼だ」

すると、シャルロットは首を横に振った。

「王家が民に寄り添うのは当然のことでしょう？　むしろ、わたくしはここに来て色々驚きました。ダナース国はとても福祉制度が整っていますね」

シャルロットはそう言うと、ふと思い出したように口を開く。

「陛下はラフィエ国の国立奨学金制度をご存じですか？」

「国立奨学金制度？　いや、知らないな」

「ラフィエ国が国として行っている就学支援制度なのですが、高額な費用がかかる学校への進学を希望する優秀な人材に、金利ゼロでお金を貸し付けるのです」

「金利ゼロで？」

「はい。全ての分野の学校を国立や無料にすることは難しいので、そうやって優秀な人材を育成することに注力しているのです」

「ほう……」

エディロンは周辺国の施策にはそれなりに詳しい自負があったが、それは初めて聞く内容だった。

確かに全ての分野の学校を無料にすることは予算上難しい。しかし、無金利貸し付けであれば遥(はる)かに効率よく優秀な人材に予算を割くことができる。

「それは面白いやり方だ。調べておこう」

「はい」

シャルロットは頷くと、また一口紅茶を飲む。

いつの間にか、籠の中のパンケーキは全てなくなっていた。シャルロットと色々と話していたら、思った以上に時間が経っていたのだ。

「長居して悪かったな。俺はそろそろ戻る」

エディロンはすっくと立ち上がる。そのとき、部屋の片隅に生き物がいることに気付いた。トカゲのように見えるが、背中に何かが生えている。

「それはなんだ？」

「羽根つきトカゲです。エリス国から連れてきました」

「へえ」

エディロンはその羽根つきトカゲのほうに近づく。羽根つきトカゲは銀色の目でまっすぐにエディロンを見返してきた。

（この生き物……）

「エリス国では羽根つきトカゲがよくいるのか？」

「さあ、どうでしょう？　わたくしは二匹飼っておりました。一匹は弟の下に今もいます」

「そうか。昔、エリス国の宮殿に行った際にこの生き物を見た」

「わたくしもこの子は宮殿の中で見つけました。もしかしたら、同じ子かもしれませんね。ガルという名前です」

シャルロットは楽しげに笑うと立ち上がり、エディロンの下に歩み寄る。彼女は足下まですっぽりと外套に包まれていた。

「ところでシャルロット……。こんな時間からどこかに出かけるのか？」

エディロンはここに来たときからずっと気になっていた疑問を、シャルロットに投げかける。

外出を制限するつもりはないが、夜間に出歩くのは治安のよい王都でも危険があるので流石にどうかと思う。

その瞬間、シャルロットの頬がバラ色に染まる。シャルロットは少し頬を膨らませてそっぽを向いた。

「出かけません」

「では、なぜそんな格好をしている？　寒いのか？」

「陛下のせいです！　こんな時間に訪ねて来るから！　わたくしは絶対に違うと伝えたのに！」

顔を真っ赤にするシャルロットの様子を見て、ようやく気付いた。

エディロンが『今夜訪問する』とだけ伝えていたので、侍女が閨だと勘違いして色々と気合いを入れてしまったのだろう。おおかた、このガウンの下は扇情的な衣装なのだろうと予想が付いた。

「それは悪いことをした。このまま一晩ここで過ごしたほうがいいかな？」

「け、結構です。お戻りくださいませ」

狼狽えた様子のシャルロットは益々顔を赤くして、エディロンの背中を押す。その様子を見て、なんだかおかしくなったエディロンはくっと肩を揺らす。

「冗談だ。……また会いに来る。お休み」

振り返って頭をポンと撫でると、その場をあとにした。

エディロンが部屋を去る足音を聞きながら、シャルロットは自分の頭に手を載せる。
『お休み』
かつてエディロンはそう言って、いつもシャルロットの頭を撫でた。日によっては額や頬にキスをすることもあったが、頭を撫でるのは毎回だった。

「はあ……」

シャルロットはため息を漏らす。

こんなことを思い出したのは、意図せず長時間にわたりエディロンと向き合ってしまったからかもしれない。ラフィエ国に嫁いだ前世の知識で知っていた奨学金制度のことなど、色々と喋りすぎてしまった。

（でも、楽しかったな……）

祖国では、シャルロットの話に耳を傾けてきちんと聞いてくれるのはジョセフだけだった。他にはルルやハール、今はケイシーもいるけれど、彼らは使い魔と侍女なので対等な立場で話をするのとは少し違う。

（また会いに来るって仰ってたから、お喋りできるかしら？）

そんなことをふと考えてしまい、シャルロットは小さく首を振った。

◆五、建国記念祝賀会

建国二十周年の祝賀会の日はあっという間にやって来た。

クリスタルで作られた巨大なシャンデリア、金箔（きんぱく）の貼られた角柱、一面に精緻な絵画が描かれた壁と柱……。ここは、現ダナース国において最も色濃くレスカンテ国時代の名残を残す場所だ。

（ほんの二十年前まで、ここで毎晩のように宴を開いていたのね）

シャルロットは中二階にある覗き窓から煌々と煌めく大ホールを窺い見て、眩（まぶ）しさに目を細める。一度目の人生では、その圧倒的な豪華絢爛（ごうかけんらん）さにただただ圧倒されたのを覚えている。

既に、会場には多くの人々——ダナース国内の貴族はもちろんのこと、諸外国からの来賓も集まっていた。

「準備は問題ないかしら？」

「全て予定通り整っております。今、おもてなしのウェルカムドリンクを配り始めているところです」

ちょうど近くを通りかかった女官長に声をかけると、女官長はこくりと頷いた。

（よし、大丈夫そうね）

シャルロットはここ数カ月間、この建国記念のパーティーを成功させるために並々ならぬ努力をしてきた。一度目の人生のときにこのパーティーで起きたことを記憶の限り全て書き出すと評価を落とす原因はなんだったのかを徹底的に分析し、それを一つひとつ潰す対策をした。さらに、賓客への印象をよくするため方策を練った。

そのひとつがこのウェルカムドリンクだ。

国王であるエディロンが登場するまでの間を楽しく過ごしてもらうためのもので、用意した果実酒はダナース国各地から取り寄せた一級品だ。来賓の方の様々な好みに対応できるように、原料となる果実や甘口や辛口などの口当たりを変えた数種類を用意した。

「シャルロット、そろそろ行こうか」

背後から呼びかけられて、シャルロットは覗いていたカーテンを閉めると振り返る。

そこには、盛装したエディロンが立っていた。

焦げ茶色の短い髪は、今日はすっきりと整えられて後ろに流されていた。黒いフロックコートの襟や袖には金色の刺繍が入っている。そして、襟元にはシャルロットの瞳と同じ水色の宝石を使ったブローチが輝いている。

一方、シャルロットはエディロンの瞳を彷彿とさせる、月の光を思わせるような淡い金色の豪華なドレスを着ていた。胸元と耳にはダイヤモンドをあしらった金細工のネックレスが、そして髪にもそれに合わせて作られたお揃いの飾りがつけられている。

この衣装は、仲睦まじい婚約者同士を装ったほうが対外的にいいだろうということで、ふたりで相談して決めたものだ。

エディロンはエスコートするための片手をシャルロットに差し出す。シャルロットはじっとエディロンに見つめられて、首を傾げた。

「どうかされましたか？」

「俺の婚約者は美しいなと思っていたところだ」

言われた瞬間、顔が紅潮するのがわかった。きゃっと周囲にいる女官達が黄色い悲鳴を上げる。

「それは……どうもありがとうございます」

演技だとわかっていても、どぎまぎしてしまう。

（敵を欺くにはまず味方からって言うものね）

祝賀会はもう始まっている。シャルロットは自分に（これは演技よ）と心の中で言い聞かせる。

「陛下も素敵ですわ」

お世辞ではなく、今日のエディロンは普段の凜々しい様子とはまた違った魅力があった。より魅惑的、とでも言うのだろうか。

「あなたに褒めてもらえるとは、光栄だな」

エディロンは意外そうにシャルロットを見つめ、片眉を上げる。

「あなたのために仕立てた甲斐があった」

エディロンがふっと口元を緩める。

（わたくしのためなの⁉）

今日のパーティーのためだから、シャルロットのためというのは違うと思う。けれど、衣装を揃えようと提案したシャルロットの希望を聞いてくれたという点では、シャルロットのために仕立てたというのも間違いではない？

エディロンの言葉にモヤモヤしながらも、差し出された彼の手に自分の手を重ねる。大きな手で包み込まれるように、ぎゅっと握られた。

豪華な大ホールの正面にある階段の前に立つと、会場の賓客が一斉にこちらに注目する。この祝賀会は建国二十周年を祝うことが一番の目的だが、それと同時にエディロンの婚約者であるシャルロットの公式なお披露目会的な意味合いがあった。

〝神に愛された国〟と言われるエリス国の王女がダナース国に嫁ぐのは周囲に驚きを与えたようで、皆興味津々なのだ。ましてや、シャルロットはこれまで一度も社交界に姿を現したことはなく、ここにいる全員が初めて目にする存在なのだから。

痛いほどの注目を浴びながらもシャルロットはしっかりと顔を上げて歩く。自分が堂々としていないと、ダナース国の威厳が損なわれると思ったから。

「陛下、この度は建国二十周年並びにご婚約おめでとうございます」

「ありがとう。こちらが俺の婚約者でエリス国第一王女のシャルロットだ」

「はじめまして。エリス国第一王女のシャルロット＝オードランでございます」

国内貴族のひとりから声をかけられたエディロンは、軽く返事するとシャルロットを紹介する。シャルロットはエディロンの紹介に合わせ、丁寧に挨拶をした。

祝賀会は和やかに進む。

この建国二十周年の記念祝賀会には国内貴族だけでなく、多くの諸外国の国賓を招待していた。いくつかの国からの来賓と話し終えて一息ついていると、こちらにひとりの男性が近づいてくるのが見えた。

「陛下。あちらはユーリア国からの来賓かと」

シャルロットは隣にいるエディロンにそっと耳打ちする。

「ユーリア国……。内陸に位置する、資源が豊富な国だな」

「はい。その代わり、雨が少なく農作物が育ちにくい欠点がございます。また、特定の食材を食べないという独特の文化がございます」

過去五回の人生の中で、三回も外国の王族に嫁いだ。

その度に周辺国について勉強をしてきたので、諸外国の基本情報は一通り知識として身に付いている。王妃になるためには知っておく必要があったからだ。

「ご招待ありがとうございます。私はユーリア国の第一王子、ロナール＝ザナルです」

近づいてきたのはシャルロットの予想通り、ユーリア国の王太子だった。

「ダナース国王のエディロン＝デュカスだ。遠方からの参加に感謝いたします」

エディロンがにこやかに微笑むと、ふたりは軽く握手を交わす。

「とても盛大な会ですね。外遊の際は食事に困ることが多いのですが、貴国におかれましては非常に繊細なご配慮をいただきありがとうございます」

機嫌がよさそうなロナールのその言葉を聞き、シャルロットはほっと胸を撫で下ろす。

エリス国では、諸外国の国賓を招くパーティーの際は事前にどの料理になんの食材を使用しているのかを明記したメニュー表を来賓の皆様にお渡ししていた。ユーリア国もそうだが、国によって食事の文化が大きく違うからだ。

けれど、一度目の人生でこの祝賀会に参加した際はそういった配慮が一切されておらず、一部の来賓は食事に困っていた。

「喜んでいただけたなら嬉しく思いますわ。確か、ユーリア国では中央を通るアイル川が神聖なものとされていて、魚類をお召しにならないのでしたわね」

「ええ、そうです。よくご存じですね」

ロナールは驚いたようにシャルロットを見る。

「ユーリア国はダナース国にとってもエリス国にとっても大切な国ですので」

シャルロットは、にこりと微笑む。

この対応は『私達はあなたの国を気にかけている』ということを示すことができ、ユーリア国側を大いに喜ばせた。

エディロンとロナールは資源や食料品の輸出入の話をし出す。

（いい傾向ね）

国と国の首脳同士が直接会って話せるタイミングなど、そうそうあるものではない。この機会を利用して友好関係を築ければ、今後の外交上の大きな助けとなるだろう。

暫く話し込んでいたロナールは、満足げな様子でフードコーナーのほうへ消えていった。

「シャルロット、助かった」

先ほどまでロナールと会話していたエディロンがシャルロットに耳打ちする。

「いえ。お役に立てたならよかったですわ」

「お役に立てたらどころか、大助かりだ。あなたはそれだけの知識を、どうやって身に付けたんだ？」

エディロンはシャルロットの顔を興味深げに覗き込む。

遠巻きに見ている国内貴族のご令嬢達がさざめく。遠目に見ていると、まるでいちゃいちゃしているように見えるのだろう。

「どうやってって……、勉強したのです」

シャルロットは小首を傾げる。

正確に言うと、過去五回の人生で知識を少しずつ補強してきた。けれど、それは言えないし、言っても信じないだろう。

エディロンはあまり信じていない様子だったが、特に追及してくることもなかった。
(全て上手くいっているわね)
シャルロットは会場内を見回す。
何事もトラブルなく進行していることを確認し、シャルロットはほっと一息つく。
と、そのとき、会場の一画でざわめきが起きた。
(何?)
シャルロットはそちらを見る。
遠巻きに一方を眺める人々の中心にいるのは、外国からの来賓と思しき男性だった。
(あの衣装は、クロム国?)
独特の刺繍がされた円筒状の帽子に見覚えがあった。クロム国は四度目の人生──
騎士となったときにリゼットに同伴して訪れたことがある。
クロム国から来た男性の前には会場の警備を行っている女性騎士が立っていた。
(どうしたのかしら?)
何かこちらの不調法で不愉快な思いをさせてしまっただろうか。騎士を呼ぶような
トラブルが起こったのかと思い、シャルロットは慌ててふたりに近づく。

「ひとりで立っていては寂しかろうと気を利かせて誘ってやったのに、無礼な奴だ」

怒り口調でそう言ったのは、豪華な刺繍が施された襟なしのジャケットに太めのズボンという民族衣装に身を包んだ男性だ。首には何重にも重ねられた金細工のネックレスがかかっている。

（あら、この方……）

黒髪に黒目、やや恰幅のよいその男は、まさに四度目の人生でシャルロットの夫となったクロム国の王太子その人だった。名前はアリール王子だったと記憶している。

「申し訳ありません。私はここの警備を担当しておりますので、外すわけには――」

固い表情のままそう答えるのは、会場警備の女性騎士だ。

そのやり取りを聞いて、すぐに騒ぎの原因に気付いた。

（そういえば、クロム国の王太子殿下は女性騎士がお好みだったわね……）

四度目の人生ではリゼットの同伴をしていたシャルロットを一方的に気に入り、半ば強引に結婚を決めたと記憶している。彼は女性騎士が特にお好きなのだ。

おおかた、会場に女性騎士がいるのを見かけて休憩室にでも行こうと誘い、断られて憤慨しているのだろう。

「来賓をもてなすのも大事な役目だろうが。大体、この俺に――」

唇を引き結びじっと耐える女性騎士に対してなおもアリール王子が捲し立てる。

「所詮は建国して間もない国家だな。こんな礼儀のなってない者、ましてや女騎士に会場内の警備をさせるとは」

アリール王子が最後に口にした言葉を聞き、シャルロットの隣に立ち様子を見守っていたエディロンが前に出ようとした。

（いけないっ）

シャルロットは慌てて片手を伸ばす。

「陛下。ここはわたくしにお任せください」

「シャルロットに？」

エディロンは困惑した表情を見せた。

エディロンは明らかに怒っている。

けれど、今ここで賓客であるアリール王子に怒りをぶつけたりすれば、十中八九『ダナース国は賓客のもてなしもできない三流国家』と尾びれに背びれ、場合によっては完全な作り話を吹聴(ふいちょう)されて国益を損なうことになる。

「はい。任せてください」

信じてほしいと意思を込めて見上げると、エディロンは少し迷うような表情を見せたものの小さく頷いた。

「アリール殿下。その女性騎士がいかがなされました？」

シャルロットは何が起こっているか全く知らない様子で、落ち着いた口調でアリール王子に声をかける。呼びかけに気付いたアリール王子はこちらを振り返った。

「これはシャルロット王女。彼女にはもてなしの心が足りていないようだ」

「それは申し訳ございません。不愉快な思いをさせました」

シャルロットは大袈裟（おおげさ）に眉根を寄せると、深々と謝罪する。

心では謝罪の気持ちなどこれっぽっちもなく（とっとと帰れ）とすら思っていたが、一切それは顔には出さなかった。

「ご無礼へのお詫びに、わたくしが面白い物をお見せしましょう」

「シャルロット王女が？」

「ええ。あなた、わたくしに剣を」

シャルロットは優雅に頷くと、アリール王子の背後で顔を強張（こわば）らせる女性騎士へと声をかける。

その瞬間、女性騎士の顔が目に見えて青くなった。罪を罰せられて剣を剥奪（はくだつ）されるとでも思ったのだろう。剣を差し出す女性騎士の手は小さく震えていた。

「大丈夫よ」

シャルロットは女性騎士にしか聞こえない声で、小さくそう言った。それはしっかりと女性騎士に聞こえたようで、彼女の目が大きく見開かれる。

「シャルロット王女。それで、面白い物とは？」

アリール王子がシャルロットに声をかける。その態度からは、つまらない物を見せたら小馬鹿にしてやろうという底意地の悪さが窺えた。

（四回目の人生でわたくしに毒を盛った誰かには、心から感謝だわ。こんな男の妻になるなら、死んだほうがマシかもね）

毎回、ただ単に『もう死にたくない』と思っていた。けれど、生きるなら素敵な人生にしないと意味がないと気付く。

それがどんな人生かと聞かれたら上手く答えられないけれど、少なくとも目の前の男の妻という生き方ではないと確信できた。

会場を見回すと、心配そうにこちらを見つめるエディロンと目が合う。シャルロットは「大丈夫」と視線で伝えると、自分の右手を見た。

（剣を握るのは久しぶりね）

四度目の人生、朝から晩まで毎日のように剣を握って女性騎士になった。

五度目の人生と六度目の人生——即ち今世でもよくジョセフから剣を借りて、ふたりで打ち合いをしていた。

今は女性騎士ではないけれど、まだそれなりに剣を扱える自信はある。

「まず、アリール殿下にはこちらを」

シャルロットは近くに飾られていた装花から一輪の赤いバラを抜き取ると、それをアリール王子に持たせる。

「このまま持っていてくださいませ」

突然バラの花を一輪持たされて戸惑うアリール王子に、シャルロットはにこりと微笑みかける。

「皆様。危ないのでお下がりくださいませ」

周囲に声をかけると、何が始まるのだろうと興味津々の様子でシャルロットに注目していた賓客達が一様に後ろに下がる。自分の周囲が半径三メートルほど空いたのを確認し、シャルロットは握っていた剣を胸にぴったりと付けるように上向きに構えた。

(ジョセフ、応援していて)

心の中で、故郷にいる弟へと呼びかける。

目を閉じてぎゅっと剣の柄(つか)を握ると、それだけで昔の感覚が蘇(よみがえ)る。かつて毎日のように練習した剣技は、転生しても体に染みついている。

（目を開けて、わたくしは騎士になる）

剣を振る。

ヒュンという音が響いたのを合図に、シャルロットの剣は美しく弧を描く。くるりと回転しながら舞うと、着ているドレスの裾も広がり軽やかに揺れた。

これはエリス国の騎士団が式典などで披露するために作った見せるための剣舞だ。観賞用に考えられたものなので、全体的に動きがダイナミックで見る者を魅了する。

ほうっと周囲の人々から感嘆のため息が漏れる。

久しぶりに舞う剣舞に手が震えそうになる。シャルロットは腕にぎゅっと力を込めて、必死に剣を振った。

（あと少し……）

演技の終盤、シャルロットはアリール王子のほうを見る。

まさか王女が剣を振るうとは思ってもみなかったようで、片手にバラを持ったままあんぐりと口を開けてこちらを見入る姿に溜飲が下がる思いだ。

（よし、最後！）

これがこの剣舞の最大の見せ場。もし手元が狂えば、大変なことになる。

シャルロットはアリール王子が手に持っている切り花めがけて剣を振るう。

自身に剣先が伸びてきたのを感じ、アリール王子の喉から「ひいっ」と声にならない声が漏れてくるのが聞こえた。

――シュッ。

赤いものが吹き飛ぶ。

シャルロットはそれを見届けて、口元に笑みを浮かべると剣を下ろした。

アリール王子の手に握られていたバラの花びらが一斉に宙に舞い、やがてひらひらとに床に舞い落ち赤い模様を作り上げる。

その瞬間、シーンと静まりかえっていた大広間に「わっ」と大きな歓声が起きた。

パチパチとひとつ、ふたつ拍手が上がり、それはすぐに盛大なものへと変化する。

「シャルロット様、素晴らしい剣舞でしたわ」

「本当に、びっくりしました。まさか王女殿下が剣を扱えるなんて」

周囲で見守っていた人々が一斉にシャルロットに賞賛を贈る。

「お楽しみいただけましたか？」

シャルロットは顔面蒼白なアリール王子をまっすぐに見つめると、にこりと微笑みかける。

「あ、ああ。もちろん」

アリール王子はこくこくと頷く。

「ふふっ、それはよかったわ」

シャルロットは大袈裟に喜んでみせる。

「わたくしの故郷のエリス国では、女性騎士どころか王女も剣を握りますの。王族とて、自分の身は自分で守るべきでしょう？　実は、今回の警備に女性騎士を入れたのも、わたくしの提案なんです」

「まあ、そうだったのですね」

周囲から、感心したような声が漏れる。

本当は、シャルロットは警備の騎士に女性を入れるなんて一切願い出ていないし、エリス国では王女も剣を握るというのも嘘だ。シャルロットは特殊な事情があり剣を扱えるが、リゼットは剣に触れたことすらないだろう。

けれど、エリス国は対外的に〝神に愛された国〟だ。だから、その立場を利用させてもらうことにした。

周囲に集まってきた賓客達に、次々に声をかけられる。

その中に、ふと見覚えのある顔を見つけた。少しくせのある栗色の髪をひとつに纏めた柔和な顔つきの男性だ。

（あ、この人……）

「はじめまして。私はラフィエ国の第二王子のコニー＝アントンソンです」

それは、最初の人生でシャルロットを侍女と間違えたラフィエ国の第二王子だった。

「はじめまして。エリス国第一王女のシャルロット＝オードランでございます」

シャルロットはスカートを摘まみ、優雅に腰を折る。

「驚いたな。エリス国の第一王女がまさかあなたのような素敵な女性だったとは。以前、エリス国には伺ったことがあるのですが、そのときにお会いできなかったことが残念です」

目元を赤くしたコニー王子がシャルロットを見つめる。『以前、エリス国を伺ったことがある』とは、数カ月前に開催されたばかりの、エリス国で数年に一度開催される例の舞踏会のことだろう。

「お褒めいただき、ありがとうございます。あのときは、ちょうど体調を崩しておりましたの。わたくしも参加できず残念でしたわ」

「そうだったのですね。よろしければ、このあと――」

コニー王子がシャルロットの手を取ろうとしたそのとき、くいっと誰かに肩を抱き寄せられた。

「シャルロット」

「陛下?」

声をかけてきたのはエディロンだった。

(どうしたのかしら?)

シャルロットは不思議に思い、エディロンを見る。一方のエディロンはコニー王子を見つめ、にこりと微笑んだ。

「少しいいかな? 妻と話がしたい」

〝妻〟という言葉を強調しながら、エディロンがこちらを見る。視線が絡み、胸がどきんとした。

「それは、もちろんです」

コニー王子はハッとしたように出しかけていた手を引っ込める。

「それでは、失礼する」

エディロンがシャルロットの腰に手を回す。

「申し訳ありません。少し外します」

シャルロットはどこか残念そうな表情のコニー王子に会釈してエディロンと共に会

場の端に寄った。

「どうされたのですか？」

エディロンは、どこか微妙な表情をしていた。

（上手くいったと思ったのだけれど、まずかったかしら？）

エディロンの表情を見て、シャルロットは不安になる。

「手を見せてみろ」

エディロンは一歩シャルロットに近づくと、シャルロットの右手を取る。

「陛下？」

シャルロットは戸惑って、エディロンに問いかける。エディロンはシャルロットの右手のひらを見て、眉を寄せた。

「やはりな。皮が剥けている。痛いだろう？」

「あ……」

剣を握るのは久しぶりだった。毎日のように握っていると手のひらの皮が分厚くなるので大丈夫なのだが、久しぶりに剣を握ったシャルロットの手のひらは、今の短時間の剣舞にすら耐えられずに皮が一部、ペロンと剥けていた。

「大丈夫です。あとで手当てします」

「この分だと、足もだろう?」

「………」

シャルロットは視線を泳がせる。パーティー用のヒールで剣舞を披露するのは、少々無理があった。実は、先ほどからかかととつま先がズキズキと痛む。

「無茶をする」

「ご迷惑でしたか?」

「いや、俺は助かった。ただ、あなたが心配なだけだ」

そう言ったエディロンは体を屈(かが)める。そして、シャルロットの背中と膝の下に腕を回すと、軽々と抱き上げた。

「陛下⁉」

驚いたシャルロットは慌てて降りようと身を捩(よじ)る。しかし、エディロンの腕は力強く、シャルロットは抱き上げられたままだ。

「よく頑張ってくれた。あとは大丈夫だから、少し休め。朝から碌に食事も摂(と)っていないだろう。あそこにいると、延々とダンスに誘われるぞ」

「あ……」

エディロンの言うとおり、今日のシャルロットは朝からずっとこの準備にかかりきりで碌に食事も摂っていなければ、座って休む間も一切なかった。

それに、この足ではダンスが辛いのも確かだ。

「でも、あと少しですのに」

「あと少しだからだ。こういう演出も、仲睦まじさを演出するにはもってこいだろう？」

エディロンがシャルロットを見つめて微笑む。

すると、周囲の賓客達が一様に頬を赤らめるのが見えた。周囲の人々にはふたりの会話が聞こえないので、エディロンのシャルロットへの寵愛ぶりと仲睦まじさを示す結果になっているのだ。

「落とすつもりは毛頭ないが、掴まってくれると助かるな」

エディロンがシャルロットの耳元に口を寄せて囁く。

今はシャルロットが全く協力していないので、彼は自身の腕の力だけでシャルロットを抱き上げている。

シャルロットは痩せ型だが、それでもれっきとした成人女性だ。腕の力だけで持ち上げるのは負担なのだろう。

「ご、ごめんなさい」

シャルロットは慌ててエディロンの首に両腕を回す。

首元に顔を寄せると、フゼア調の爽やかで男性的な香りが微かに鼻孔をくすぐった。

（この匂い、懐かしい……）

最初の人生で、エディロンはよくシャルロットを抱き上げた。その度にこの香りがして、温かくて力強くて、とても安心したのを覚えている。

（あんまり、優しくしないでほしいな）

エディロンは『仲睦まじさを演出するにはもってこい』と言ったが、本当はシャルロットへの気遣いであることは気付いている。

彼は昔からこうだった。一度目の人生でもさりげなくシャルロットを見守り、気遣い、優しくしてくれた。

だからこそシャルロットはそんなエディロンのことを――心から愛していた。

とっくのとうに粉々に砕け散ったと思っていたのに、忘れていた感情を思い出しそうになる。そして、〝ドブネズミ〟と言われたときの絶望感も。

「シャルロット？」

片方の手で、優しく背中を摩られた。

急に大人しくなったシャルロットを心配したのか、エディロンが呼びかける声がする。聞こえていたが、シャルロットはわざとその呼びかけを無視して顔を伏せた。

今彼の目を見たら、泣いてしまいそうな気がしたから。

(今日は朝から働きづめで、疲れているのだわ)

そうに決まっている。

そうでなければこんな感情、湧き起こるはずがないのだから——。

私室に戻ったあとも、シャルロットはどこかぼんやりとしていた。

ソファーに座っていると、ふと視界の端に何かが動いたのが見えた。そちらを見ると、羽根つきトカゲのガルがテーブルの上をのそのそと歩いている。

シャルロットは、ガルのすぐ近くに一通の手紙が置かれていることに気付く。

「そうだわ。読まないと」

赤い封蝋が施されたこの封筒は、故郷であるエリス国から届いたものだ。シャルロットはペーパーナイフを手に取ると、その封筒の封を切る。中には、王妃からの手紙が入っていた。

「嫁いだ途端、不思議なものよね」

過去のループで異国の王室に嫁いだ際もそうだったが、シャルロットが先方の国に移り住んだ途端にエリス国の王妃――オハンナから頻繁に手紙が届くようになった。

これまではまるでいないかのような扱いをしてきたくせに、一体どういう風の吹き回しだろうか。

内容はいつも同じだ。『ダナース国王に気に入られるように誠意を持って尽くしなさい』『この結婚が上手くいくことを心から願っている』という二点だけ。今日はこれに加えて『記念祝賀会に参加できず申し訳ない』と書き添えられていた。

シャルロットはその手紙を折りたたむと元々入っていた封筒へと戻し、サイドボードの引き出しへとしまう。

そのとき、背後からコンコンと音がした。

（何かしら？）

振り返ると、窓の外に灰色の文鳥が止まっているのが見えた。シャルロットの使い魔のハールだ。

「ハール。ジョセフからのお手紙を持っているかしら？」

シャルロットは目を輝かせて、窓を開ける。案の定、ハールの足首には一通の手紙が丸めてくくりつけられていた。

シャルロットは早速その手紙をハールから外し、内容を確認する。

＊＊＊

姉さんへ

手紙をありがとう。元気そうで何よりです。

先日、リロと散歩していたら姉さんが好きなトネムの実がなっているのを見つけたよ。ひとつもぎ取って試しにジャムにしてみたんだけど、意外と美味しく作れたよ。

僕のほうは相変わらずあの離宮でのらりくらりと上手くやっているから心配しないで。

姉さんが今度こそ上手くやれるようにと、いつも応援しているよ。どうか、心から望む道に進んでほしい。

今世こそは、お互いに幸せが切り開けますように。

ジョセフより

＊＊＊

リロとは、ガルと一緒に飼っていた羽根つきトカゲの名前だ。ずっと昔、まだ子供の頃に故郷の離宮の近くでジョセフが見つけ、飼い始めた。そして、トネムの実とは離宮の近くに実っていた赤い実のことだ。少し酸味がある果実で、シャルロットは好んでよくジャムにして食べていた。

――お互いに幸せに。

それは、何度も不思議なループを繰り返すシャルロットとジョセフが毎回誓い合う願いだ。

(そうよ。今度こそ、絶対に幸せになるんだから)

シャルロットはジョセフからの手紙をぎゅっと胸に抱きしめる。

弟との約束を果たすためにも、絶対に今度こそ生き残ってみせる。だからこそ、エディロンとの婚約は必ず破棄しなければならない。

僅かに感じる胸の痛みに、シャルロットは気付かないふりをした。

◆六、揺れる心

ダナース国の宮殿の奥深く。離宮の一室に大きな声が響く。

「シャルロット様、見てください。今日もこんなにたくさんお茶会の招待状が」

シャルロットは声の主、ケイシーのほうを見る。

ドアから部屋に入ってきたケイシーの手には、たくさんの封筒があった。どれも上質な紙でできており、一目で良家から送られてきたものだと予想が付く。

「すごい数ね」

「はい。皆様、シャルロット様と親しくなりたいのですわ」

ケイシーはにこにこしながらそれらの封筒をシャルロットの前に置く。

ダナース国に来て以来ずっと宮殿の奥にある離宮でひっそりと自由気ままに過ごしていたシャルロットだけれども、建国二十周年の祝賀会以降状況が一変した。お茶会のお誘いがひっきりなしに届くようになったのだ。

祝賀会はシャルロットのお披露目会の意味合いもあったので、多くの国内貴族に挨拶をした。今届いている招待状は全て、そこで挨拶した貴族のご婦人からのものだった。

お茶会は貴族社会において、重要な社交の場だ。

参加者の顔ぶれを見てどの貴族とどの貴族が親しいのかや力関係はどうなっているのかを知るだけでなく、噂を含めて色々な情報を得ることができる。

それに、現時点ではエディロンの婚約者であるシャルロットは次期王妃という立場だ。貴族達からしても、是が非でも親しくなっておきたいのだろう。

「できるだけ参加したいとは思うけれど、これ全部は難しいわ。選ばないと」

シャルロットは一通一通、封を切って中身を確認する。一度目の人生でもたくさんの招待状を受け取った記憶があるけれど、こんなに多くはなかったような。

「皆様きっと、陛下のシャルロット様への寵愛を目の当たりにして色々と直接話を聞いてみたいのですね」

「ちょ、寵愛⁉」

「寵愛でございます！ わたくし、陛下とシャルロット様が仲睦まじい様子を祝賀会で給仕した女官仲間から聞いた際は、本当に嬉しくなってしまいましたわ」

ケイシーは胸の前で両手を組み、うっとりと宙を見る。

「………」

それはね、仲睦まじくみせるための演技なのよ！とは言い出すことができず、シャルロットは熱くなる顔を手で扇いでその場をやり過ごす。

それに、ケイシーがエディロンはシャルロットを寵愛していると思い込んでしまうのにはもうひとつ大きな理由があった。

それは――。

「シャルロット様、陛下がお越しになりました」

「お通しして」

シャルロットはケイリーに指示すると、自身もエディロンを出迎えるために立ち上がる。

廊下にいるエディロンは少し開いたドア越しにシャルロットと視線が絡むと、柔らかく目を細める。

（もう！　まただわ）

そんな風に微笑まれると益々周囲を誤解させることになるから、やめてほしい。現に、ケイシーはその微笑みを見て薄らと頬を赤らめている。

そう。これこそが、周囲がエディロンがシャルロットを寵愛していると勘違いするもうひとつの大きな理由だった。

ダナース国に来た当初は滅多に離宮を訪れることがなかったエディロンだが、ここのところ毎日のようにシャルロットの下を訪ねて来るのだ。

祝賀会の日程が近づくにつれてエディロンがやって来る頻度が増えたのは祝賀会に向けての事前打ち合わせのためだったのでシャルロットも疑問には思っていなかった。

しかし、終わったあとも変わらず毎日のように訪問してくるので、いつの間にかすっかり『陛下は婚約者であるシャルロット王女をとても寵愛している』と噂になっているらしい。

「ようこそ、陛下」

シャルロットは自分の前のソファーをエディロンに勧める。

すぐに茶菓子と飲み物を用意したケイシーは「では、わたくしは外します」と言ってドアのほうへと向かう。ドアが閉じる際に目が合い、意味ありげに微笑まれた。

(ケイシーが期待しているようなことは何もないけど)

シャルロットは肩を竦める。

仕えている主と国王が仲睦まじいことは、侍女にとっても誇らしいことなのだろう。

エディロンは確かに毎日会いに来る。

しかし、男女の睦み事は一切なく、代わりに全く違うこと——例えば諸外国との関係への助言だったり、施策についての意見を求められたりする。

シャルロットは心の中でケイシーに謝罪しつつも、今日はどんな話をするのだろうと毎日のその時間を楽しみにしていた。

「以前あなたが話していた奨学金制度について、今度ラフィエ国に話を聞けることになった。教育制度全般について、情報交換する予定だ」

「それはよかったです」

「それと、我が国の優れた金属加工技術を是非学ばせてほしいと申し入れがあった。おそらく、技術研修生を受け入れることになると思う。以前あなたが提案した技術ライセンス形式を採用しようと考えている」

「そうですか。ダナース国の金属加工品生産量と鉱山の数は周辺国で随一ですものね」

シャルロットは頷く。

金属加工技術を他国であるラフィエ国に教えることは一見すると国益を損なうようにも思える。だが、その材料となる鉱石はダナース国から購入しなければならない。さらに、生産量に応じて技術使用のライセンス料、即ち対価をもらうため、結果的にダナース国が潤うのだ。

「しかし、あなたには本当に驚かされる。どこからそんな知識やアイデアが？」

「本で読んだり、単に思いついたりですわ」

本で読んで知った情報もあるのは事実だが、ほとんどは過去のループで得た知識だった。けれど、それを言うことはできないのでシャルロットは曖昧にいつも『本を読んで』と答えている。

「ふむ」

エディロンは顎に手を当てると、少し考えるような仕草をしてからシャルロットを見る。

「シャルロット。あなたは俺に秘密にしていることがあるのではないか？」

「え？」

金色の瞳でまっすぐに見つめられ、シャルロットはドキッとした。

（まさか、何度もループしていることに気付いている？）

エディロンは答えられないシャルロットを見つめたままだ。シャルロットの心臓は煩いほどに早鐘を打つ。

「秘密とは？　心当たりがありませんわ」

努めて平静を装い、シャルロットは小首を傾げる。

「そうか」

エディロンはシャルロットの返事に納得しているようにも見えなかったが、特にそれ以上追及してくることもなかった。

シャルロットとの時間を過ごしてから執務室に戻ったエディロンは、書類を見返していた。シャルロットがダナース国に来た日にセザールに頼んで調査させた、シャルロットについての調査報告書に追加の内容が届いたのだ。

「剣の指南を受けたことは一度もないと？」

「調べた限り、剣の師匠が付いたことはありませんね」

「家庭教師は？」

「それも、必要最低限だったようです。少なくとも、一流の講師を呼んで英才教育を受けているわけではなさそうです」

「間違いないのか？」

エディロンは報告書を持ってきたセザールを見つめる。

「間違いありません。エリス国の宮殿に勤めていたという使用人を複数人買収して聞き出しましたが、全員同じことを言っています」

「なるほど。話はわかった。助かった」

エディロンはセザールに礼を言う。セザールは一礼すると、部屋をあとにした。

パタンとドアが閉められ、ひとり執務室に残される。

エディロンはもう一度報告書を読み返した。

（一体どうなっているんだ？）

エディロンは自身のこめかみを指で押し、じっと目を閉じる。

（先ほど、明らかに動揺していたな）

シャルロットの下を訪問した際の、彼女の様子を思い返す。

本人は上手く隠せたと思っているようだが、エディロンはシャルロットのちょっとした表情の変化を見逃さなかった。何か秘密があるのではないかと追及したとき、シャルロットの表情が明らかに強張ったのだ。

（やはり何かしらの秘密はあるんだな……）

宮殿の外れにある離宮に引きこもっていた、十九歳の王女。病弱で、いつも俯いている陰気な姫。英才教育を受けたこともなければ、剣の指南を仰いだこともない。

何度報告書を読み返しても、先ほど話した女性とこの調査報告書のシャルロット＝

オードランが結びつかない。

エディロンが知るシャルロットは行動的で快活、表情が豊かで美しい女性だ。さらに、驚くほど博識で、剣も扱える。

正直、建国二十周年の祝賀会の際にシャルロットが剣舞を披露したときは流石のエディロンも度肝を抜かれた。一体どこの誰が、剣を振り回すことができる王女がいるなどと想像するだろうか。

(病弱とは正反対だな)

知れば知るほど、調査報告書のシャルロットとエディロンの知るシャルロットが違いすぎる。

(となると、やはり別人なのか?)

この疑惑はエディロンの中で日に日に大きくなりつつあった。本人は本を読んで知識を得たと言っているが、あの知識が本だけで身に付くとは思えない。

それに、剣技に関してもそうだ。実際にシャルロットが剣を振っているところを見て、エディロンはシャルロットがかなりの剣の使い手であることを確信している。

(婚約を破棄したがっている理由はそれか?)

なんらかの理由で本当のシャルロット王女ではなく、偽物のシャルロットがダナース国にやって来た。しかし、偽物なので本当に結婚するわけにはいかず、どうしても婚約を破棄したい。そう考えれば、必死に婚約を破棄したいと言っていた理由にも説明が付く。

(では、本物のシャルロット王女はどこだ?)

彼女が偽物であれば、どこかに本物がいるはずだ。

けれど、報告書にはそのことは全く書かれていない。

一切の痕跡を残さず、本物の王女が雲隠れするというのは考えにくい。

(となると、やはりシャルロットは本物で、なんらかの方法であの知識や技術を得たのか?)

考えれば考えるほど、わからない。

「あなたは一体、どんな秘密を抱えているんだ?」

エディロンの問いかけは、シャルロットに届くことなく執務室に溶けて消える。

最初は、エリス国の王女との結婚などただの政略結婚であり、嫁いできた王女と関わるつもりは一切なかった。むしろ、面倒だとすら思っていた。

けれど、実際に来たシャルロットは知識、教養、周囲に対する態度どれをとってもダナース国の王妃として文句の付けようがなく、また美しくて聡明（そうめい）な女性だった。

話していて飽きることがなく、また、必要な場面では凛とした態度でいながらエディロンとふたりきりのときなどはころころと表情が変わるところも可愛らしく好ましいと思っている。

つまり、エディロンは関われば関わるほど、シャルロットに惹かれていた。

「あと五カ月か……」

エディロンは息を吐く。

シャルロットが婚約破棄してほしいと言った期限まで、あと五カ月。

エリス国と政略結婚しなくても済むほどの外交上の立場の向上を条件としたが、事実ダナース国の諸外国との関係性は記念祝賀会を契機に一気に改善方向へと向かっている。正直、これだけの成果を上げるとは予想していなかった。

(約束通り、破棄してやるべきなのだろうな)

道義を通すなら、そうするべきだ。

しかし、エディロンはそのことを納得しきれていない。なぜシャルロットがここまで婚約破棄したがるのかわからないし、エリス国の王女が王妃になればダナース国としてプラスになることは変わらない。

(となると、やるべきことはひとつだな)

シャルロットの態度から判断するに、異性として嫌われてはいないはずだ。

ならば、シャルロットの不安を取り除き、本人の気持ちを変えさせるまでだ。

この日、シャルロットは朝から少しおめかしをしていた。

連日にわたり多数のお茶会のお誘いを受けているが、今日はそのうちのひとつ、ダムール侯爵夫人のお茶会に参加する予定なのだ。

ダムール侯爵家はレスカンテ国時代から続く名門貴族のひとつだ。エディロンが重用している一族のひとつと聞いて、参加することを決めた。

「シャルロット様、できましたよ」

準備を手伝ってくれたケイシーのかけ声で、シャルロットは鏡の前に行く。

「わあ、素敵」

そこには、淡い黄色のドレス姿の自分が映っていた。華美ではないものの、腰からふんわりとスカートが広がる上品なデザインだ。胸元と袖口には、さりげなくレースがあしらわれている。

「はい。本当に素敵です。髪飾りはいつものものを？」

「ええ。お願い」

「かしこまりました」

ケイシーはシャルロットの背後に回ると、シャルロットの髪にいつもの金細工の髪飾りをつけた。

ふと、ケイシーが時計を見る。

「シャルロット様。まだ少しお時間があるので、先に図書館に行かれますか？」

シャルロットも時計を見る。確かに、出かけるまでにあと二時間近くある。少し早く準備しすぎたようだ。

エディロンとの毎日の会話の時間を有意義なものにするため、シャルロットはできるだけ図書館に行って本や新聞などを読み込み、自分の中の知識を整理するようにしていた。

「ええ、そうしようかしら」

シャルロットは笑顔で頷く。

そんなに長居しなければ、十分に間に合うだろう。

その二十分後。シャルロットは王宮内の図書館にいた。

ダナース国の宮殿はレスカンテ国時代の設備をそのまま使用しているため、とても広大だ。敷地内には王宮を始めとしていくつもの豪華な建物が建っており、図書館はそのうちの一棟を利用して作られたものだ。

数万冊にも及ぶ蔵書を揃えており、王族や貴族はもちろんのこと、一定の手続きをすれば一般市民も利用することが可能だ。エリス国にいたときよりも遥かに多くの本に触れることができるので、シャルロットのお気に入りの場所のひとつだった。

「うーんと、これにしようかしら……」

多くの蔵書の中からシャルロットは一冊を手に取る。選んだのは、最近エディロンからよく名前を聞くラフィエ国について書かれた本だった。

ラフィエ国には三度目の人生で嫁いだ。そのため、かなりの知識は備えているつもりだが、なにぶん三つも前の人生なので復習がてらもう一度勉強し直そうと思ったのだ。

「あとは、この前借りた小説の続きを――」

シャルロットは左手に本を抱え、小説コーナーへと向かう。

たくさん並ぶ本棚の端から順番に背表紙を眺め、目的の本を探すことにした。

「あら、貸し出し中だわ。残念」

シャルロットが探していたのは【妖精姫とサイフォードの騎士】というシリーズで、今ダナース国の若い女性に大人気の小説だった。

物語はサイフォードという魔法のある架空の国を舞台にしており、その国に転移した青年が妖精姫と一緒に国を取り戻すというラブファンタジーだ。

先日お茶会で知り合ったご婦人に教えてもらい第一巻を借りてみたのだが、なるほど、夢中になる面白さだった。

ケイシーからは『サイフォードはエリス国をモデルにしているといわれているのですよ』と言われ、エリス国は外国からこんなイメージを持たれているのかと驚いたものだ。

「町中の書店でも軒並み品切れだと聞くし……、待つしかないわね」

楽しみにしていただけに、がっかり感も大きい。

しょんぼりしながら貸し出しカウンターに向かおうとしたそのとき、「これは王女殿下ではございませんか」と声をかけられた。

振り返ると、そこには三十代後半くらいの男性がいた。男性にしては背が低く、二重顎でずんぐりとしている。長髪を後ろでリボンで結んだ髪型と上質な衣装から判断するに、貴族だろうと思った。

シャルロットはその男性を見て「あっ！」と声を上げる。その手に、シャルロットが今まさに探していた本があったのだ。

「こちらの本にご興味が？」

男性はシャルロットの視線に気付いたのか、持っていた本を片手で持ち上げる。

「ええ、その前の巻を先日読んだのです。面白いお話ですわ」

「そうですか。では、こちらは王女殿下にお譲りしましょう」

「いえ、そんな。悪いです」

シャルロットは慌ててそれを固辞すると、その男性の顔を改めて見る。

（あら？　この方）

なんとなく見覚えがある気がするけれど、誰なのか思い出せない。

もしかすると、誰か似た背格好の人と勘違いしているのかもしれない。

（気のせいかしら？）

シャルロットの困惑を悟ってか、目の前の男性が軽く頭を下げる。

「申し遅れましたが、私はハールス伯爵家のアントン＝ハールスと申します」

「ハールス卿……」

その名前に、聞き覚えがある気がした。

(ハールス卿って確か……)

確か、結婚式のあとに王宮内で挨拶をしたような……。

一度目の人生のときに会った気がする。

「王女殿下はこの本がお好きなのですか？」

ハールス卿が持っていた本を軽く上げる。

「はい。知人に紹介されたのですが、とても面白かったです」

「そうなのですか。実は私もなんです」

「へえ……」

珍しいな、と思った。その小説は若い女性をターゲットにしたものだったから。

(でも、男性でも好きな人は好きなのかもしれないわ)

シャルロットは気を取り直す。

「王女殿下、よろしければこのあと少しお話でもしませんか。他にもご紹介したい本がたくさんあるのです」

「え？」

突然の誘いに戸惑った。ハールス卿はシャルロットの困惑に気付く様子もなく、片手を差し出す。

そのとき、目の前を何かがシュッと横切った。

「うわっ！」

ハールス卿が悲鳴を上げて差し出した手を振り払う。

「ガル⁉」

シャルロットはそこにいるはずのない生き物を見つけて驚いた。ペットのガルがハールス卿の手に飛びかかったのだ。

「どうしてここに？　鞄に入り込んでいたのかしら？」

そんなに大きな鞄ではないのに、本当にいつの間に！　シャルロットは慌てて床にいるガルを拾い上げる。

「王女殿下。なんですか、その恐ろしい生き物は？」

ハールス卿が驚愕(きょうがく)の表情でこちらを見る。

「この子は恐ろしくなんてありません。わたくしのペットです」

シャルロットはガルを悪く言われてムッとする。

可愛いと言われるならわかるが、恐ろしいとは心外だ。こんなに愛らしいのに。

「ハールス卿。わたくし、本日は出かける用事がありますので失礼します。ご機嫌よう」

シャルロットは入口で待ってくれていたケイシーと合流し、その場をあとにしたのだった。


図書館から離宮に戻るまでは二十分近く歩く。

その途中、ケイシーが「あっ」と小さな声を上げる。どうしたのかと思いケイシーを見ると、彼女は開放廊下から一方を見つめていた。シャルロットはその視線を追う。

（あ。あれって、もしかして……）

そこには訓練場があった。

シャルロットは立ち止まり、そちらに目を凝らす。騎士服を着た人がたくさんおり、訓練中のようだ。

「少し見ていく？」

シャルロットはじっとそちらに見入るケイシーに声をかける。この様子だと、きっと恋人の姿を見つけたのだろう。

「いえ、申し訳ありません」

ケイシーは頬を赤らめ、慌てたように両手を自分の胸の前で振る。

「あら、大丈夫よ。まだ時間はあるでしょう？」

図書館にはそんなに長居しなかったから、お茶会に出かける時間まではあと三十分くらい余裕があるはずだ。

「よろしいのですか？」

ケイシーがおずおずとシャルロットに尋ねる。遠慮していたものの、本当は恋人の訓練する姿を見たいのだろう。

「もちろんよ」

シャルロットは笑顔で頷く。

開放廊下から階段を下りて訓練場に近づく。

そこで、シャルロットはその中に、ひとりだけ違う服を着ている人がいることに気が付いた。長身の者が多い騎士に混じっても背が高く、がっしりとした体躯。

（エディロン様だわ！）

開放廊下からは陰になっていて、エディロンがいるのが見えなかったのだ。

エディロンは騎士団の訓練の様子を視察しているようだった。時折、エディロン自身も騎士を相手に剣の打ち合いをしている。

「すごい」

シャルロットは間近でその姿を見て、思わず感嘆の声を漏らす。

四度目の人生、シャルロットは騎士として生きた。そのため、動きを見れば相手がどれほどの剣の使い手であるかは大体わかる。エディロンは国王でありながら、その腕は現役の騎士と比べても全く見劣りしていない。

思わず見入っていると、一部の騎士達がシャルロット達の存在に気付いた。ざわめきに気付いたエディロンがこちらを振り返る。

「シャルロット」

エディロンは少し驚いたような表情を見せたが、朗らかに微笑むとこちらに近づいてきた。

「珍しいな。あなたがここに来るなんて、初めてではないか？」

「図書館に行った帰り道に、ちょうど通りかかったものですから」

「なんだ、ついでか。俺を見にきてくれたのかと思ったら」

「ち、違いますっ！」

シャルロットは大慌てで否定する。見惚れていたことは事実だけれど、ここに来たのは全くの偶然だ。

「それは残念だ」

（残念って……！）

エディロンの態度に、シャルロットは調子を崩される。

最近、エディロンはいつもこうなのだ。妙に甘い調子でシャルロットを翻弄する。

きっと周囲に関係が良好であるとアピールするための演技なのだろうが、周囲に人がいようといなかろうとこの調子なので、シャルロットは振り回されっぱなしだ。

「図書館ではなんの本を？」

「ラフィエ国に関する文献です。その……陛下が最近よく話題になさるから勉強し直そうかと思って」

説明しながら、尻すぼみに声が小さくなる。

これではまるで、シャルロットがエディロンのために勉強しているようではないか。

「そうか。ありがとう。今夜も楽しみにしておく」

体を屈めて、耳元に顔を寄せて吹き込むように囁かれた。

「ひゃっ！」

「へ、陛下っ！」

突然のことに驚いたシャルロットが顔を真っ赤にしてエディロンを睨み付けると、エディロンがくくっと肩を揺らした。どうやら、揶揄われていたようだ。

しかし次の瞬間、何かに気付いたようにエディロンの表情が変わった。シャルロットの耳の辺りを凝視しているように見える。

「陛下？」

シャルロットはどうしたのかと不思議に思った。

「この髪飾り……」

「髪飾り？　ああ、これは母の形見です。地味ですが、気に入っているのでよく使っています」

シャルロットは耳の上につけた髪飾りを手で触れる。エディロンが訪問してくるのは夜が多いので、そういえばこれをつけているところを見せるのは初めてかもしれない。

「そうか」

エディロンは口元に手を当て、何か考え込んでいる様子だ。

（どうしたのかしら？）

そういえば、一度目の人生でも初対面のエディロンはシャルロットの髪飾りに反応していた気がする。

そのときだ。シャルロットの持っていた鞄から、ガルがひょこっと顔を出す。どこかで紛れ込んだのか、その鼻先には何かの花びらが付いていた。

シャルロットの視線を追ったエディロンも、ガルの存在に気付く。

「アーモンドの花びらだな。この辺には生えていないと思うのだが、どこで付けてきたんだ？」

「アーモンド？」

シャルロットは聞き返す。

アーモンドはダナース国でたくさん作られている農産物のひとつだ。この季節になるとたくさんのピンク色の花を咲かせることは知識として知っているが、一度も見たことはない。

「だいぶ暖かくなってきたから、そろそろアーモンドの花が見頃だな」

エディロンは顎に手を当てて考えるような仕草をしていたが、手を外すとシャルロットを見つめた。

「今度、一緒に見に行こうか」

「え？」

「以前、見たことがないから見てみたいと言っていただろう？」

シャルロットはびっくりしてエディロンを見返す。

毎日の何気ない会話で、そんなことをエディロンに話した記憶はある。

けれど、覚えているなんて思っていなかったから。

「作物の様子を視察しに行こう」

（あ、そういうことね）

一緒に花を見に行こうと誘われているのかと勘違いしてしまった。

エディロンはただ単に、国内の農作物の状況を見に行こうと言ってきただけだ。

「嫌か？」

返事しないシャルロットを不思議に思ったのか、エディロンが尋ねてくる。

「いいえ。陛下が花見に誘ってくださったのだと勘違いして、びっくりしただけです」

「花見に誘ったんだ」

「農作物の状況の視察でしょう？」

「それもそうだが、あなたと一緒に花を見たいと思った」

「……えっ！」

シャルロットは言葉を詰まらせる。

（まただわ）

無自覚なのか意図的なのかはわからないが、エディロンは時折、まるでシャルロットに好意があるかのような言動を取る。

いつの間にか、シャルロット自身もそれを心地よく感じてしまっていることに気付いていた。

「楽しみにしておく」

エディロンはにこりと微笑みシャルロットの頬に触れると、また訓練へと戻っていった。

シャルロットはその後ろ姿を見送りながら、自分の頬に手を当てる。

触れられた場所が、熱い。

頑丈な箱に入れて何重もの鍵をかけたはずの感情。

その錠前が、またひとつ外れるのを感じた。

目の前に並べられたのは、いくつもの可愛らしいお菓子の数々。用意されたのは、芳醇（ほうじゅん）な香りの上質な紅茶。
ダムール侯爵夫人が主催するお茶会には、シャルロットを入れて全部で四人の参加

者がいた。主催者のダムール侯爵夫人は二十代半ばの若き侯爵夫人で、物腰の柔らかい女性だった。

貴婦人のお茶会の内容は、大体どこに行っても同じだ。

恋の話、ファッションの話、最近流行しているお菓子や本の話、そして、ここにいない誰かの噂話……。

「シャルロット様は、陛下とは以前から面識があったのですか？」

参加者のひとり、ウィルトン子爵夫人がシャルロットに尋ねる。ウィルトン子爵夫人はこの場では一番の年長者で、歳は三十を少し過ぎている。既に、ふたりの子供を持つ母でもある人だ。

「陛下と？　いいえ。ダナース国に来て初めてです」

「まあ。では、運命的な出会いだったのですね」

ウィルトン子爵夫人は口元に手を当てて、朗らかに微笑む。

「う、運命的⁉」

びっくりしたシャルロットは、げほげほとむせる。

〝運命的〟ではなくて〝運命の悪戯（いたずら）〟だと思うわ、という言葉はすんでのところで呑み込む。誰がまさか、一度目の人生で自分を殺した男に再び嫁ぐと思うだろうか。

「ええ。だって、陛下のシャルロット様への寵愛にはあの祝賀会参加者の誰もが驚きました。陛下は……ほら、女性を寄せ付けないから」

「そうなのですか？」

シャルロットは意外に思って聞き返す。

エディロンの甘い囁きは、誰にでもそうなのだと思っていたから。

（誰にでも言っているんじゃないんだ……）

なんとなく嬉しく感じてしまい、シャルロットは慌ててその考えを打ち消す。必要があれば甘い態度をとるのは当然だ。だって、エディロンは国王であり、国益を優先させる必要があるから。

「そういえば、シャルロット様。陛下への誕生日プレゼントは決めましたか？」

和やかに進むお茶会の最中、今度はダムール侯爵夫人が口を開く。

「え？」

「来月だから、我が家でも何にしようかと頭を悩ませているところです。ほら、陛下はあまり贅沢品をお好みにならないでしょう？　でも、かといって貧相なものもいかがなものかと思いまして」

「そ、そうね」

答えながら、シャルロットは必死に自分の中の記憶を呼び起こしていた。

(誕生日？ そうよ、エディロン様の誕生日だわ！)

確かに一度目の人生でも、婚約期間中にエディロンの誕生日をお祝いした記憶がある。何がほしいかと聞いたら『シャルロットをゆっくり愛でたい』などと歯の浮きそうな甘い台詞を返されて、結局ふたりでデートした。

(完全に忘れていたわ！)

別にエディロンはシャルロットからのプレゼントを期待してなどいないだろうけれど、建前上は婚約者なのだから渡したほうがいいだろう。

「実は、まだ決めていないの」

「あら、そうなのですか？」

ダムール侯爵夫人はびっくりしたように目を丸くする。けれど、すぐにふわっと微笑んだ。

「でも、大丈夫ですわ。陛下はシャルロット様をとても大切に思っていらっしゃるから、何をプレゼントしてもお喜びになります」

「まあ。おほほ……」

シャルロットは乾いた笑いを漏らす。

それ、演技なんですよ。と言いたい気持ちを必死に抑えながら。

(それにしても、何がいいかしら?)

ダムール侯爵夫人が言うとおり、エディロンは極端な贅沢品は好まないだろう。

(もうすぐここを去るのだから、後腐れのないものがいいわよね。なおかつ、周囲に不審に思われないもの……)

そうは思うものの、どうせなら喜んでほしい気もする。

考え込んでいると、ダムール侯爵夫人が周囲の参加者に話しかけているのが聞こえた。

「陛下には隠れた反逆勢力も多いから、なかなか心安まる場がないでしょう? 今年はシャルロット様がいらっしゃるから、安心ですわね」

「本当ですね。喜ばしいことです」

周囲の参加者もにこにこと頷いている。

(……反逆勢力?)

聞き慣れない言葉に、シャルロットは持っていたティーカップの紅茶を見つめる。

一度目の人生でも今世でもエディロンからそんな話は聞いていない。

けれど、国の成り立ちを考えれば反逆勢力がいるのは至極当然だ。多くの貴族達は、レスカンテ国からダナース国になるにあたって既得権益を剥奪されたのだから。

(つまり、エディロン様が即位していることをこころよく思っていない貴族がダナース国内にいるってことよね?)

知らなかった事実に、胸の内にざわざわとした不安が広がるのを感じた。

◆七、前世、私を殺した男が溺愛してくる

王宮から馬車で一時間ほど揺られて到着した郊外。

馬車を降りたシャルロットは、一面に広がるピンク色の光景に息を呑む。

「わあ、すごい！」

目の前には見渡す限り高さ三メートルほどの木が立ち並び、一面に小さなピンク色の花を咲かせていたのだ。

「これがアーモンドの花ですか？」

「そうだ。花が散ったあと、アーモンドが実る」

「へえ、可愛い花ですわね」

どんな花なのかイラストでは見たことがあったけれど、それらは全て白黒だった。

実際に目にして、想像以上の可愛らしさに気分が高揚する。

「今年はどんな感じだ」

エディロンが、この一帯のアーモンド農園を管理しているという主に尋ねる。

「今年は気候がよくて、例年以上の豊作ですよ。オイルにローストに、色々と作れそ

うです」

「そうか。それは何よりだ」

エディロンは農園の主の回答に、満足げに頷く。エディロンはその他の作物についても話を聞いていたが、軒並み豊作のようだ。

「せっかくなので少し歩いてもいいか？」

エディロンが農園の主に尋ねる。

「もちろんです」

農園の主はにこにこしながら頷いた。

「シャルロット」

エディロンはくるりと振り返り、シャルロットに手を差し出す。シャルロットはきょとんと小首を傾げた。

「手を」

苦笑したエディロンにそう言われ、エスコートのために手を出せと言っているのだとようやく気付く。

「あ、ごめんなさい」

大きな手に自分の手を重ねると、包み込まれるようにぎゅっと握られた。

ふたりで並んで歩き出す。

（本当に素敵……）

右も左も正面も、一面に広がるピンク色の世界。まるで花のトンネルを通っているような感覚に陥りそうになる。

「とても素敵な場所ですね」

「そうだな。アーモンドは花の見頃が短いから、俺も見るのは久しぶりだ」

エディロンは視線を上げ、頭上の花を眺めて目を細める。

シャルロットが読んだ文献の情報では、アーモンドの花が咲くのは一年間のうちのほんの僅かな期間だけなのだという。儚いだけに、美しさが際立つ。

「気に入ったか？」

「はい。とても――」

そう言いながらエディロンのほうを見て、どきんと胸が跳ねる。エディロンが、とても優しい目をして自分を見つめていたから。

シャルロットは反射的に、彼から目を逸らす。

「毎日とても頑張ってくれているから、気分転換になったならよかった」

「陛下……」

シャルロットはぎゅっと胸の前で手を握る。

「陛下はなぜ、わたくしにこのようによくしてくださるのですか？」

それは、この国に来てからずっと抱いていた疑問だった。

エリス国の王女をダナース国の王妃に。それがダナース国にとって利益になることはわかっている。しかし、シャルロットはエディロンと契約による婚約とその破棄を提案した。だから、彼はシャルロットにこんな風に優しくする必要などないのだ。

「俺は最初──」

エディロンは考えを整理するかのようにゆっくりと口を開く。

「あなたとの婚約に乗り気ではなかった。エリス国で出会った王女は明らかにダナース国を見下していることが言葉や態度の端々から窺えたから」

エディロンの言葉を聞き、気持ちが重くなる。

妹のリゼットはダナース国からの求婚が来た際に泣き叫び、嫌がるシャルロットに婚約者の役目を無理矢理押しつけたほどだ。確かにそういう失礼な態度を取ったとしても不思議ではない。

「それは……申し訳ございません」

今世ではほとんど関わっていない腹違いの妹とはいえ、身内がそのような態度を隣国の国王に取ったことをとても恥ずかしく思った。

「いや、彼女はあなたとは別人だし、そういう態度を取る他国の王族は他にもいる。だから、それは気にしなくていい。ただ、俺はそのときに会った王女がダナース国に来るものだとばかり思っていたから、離宮の奥深くに置いてできるだけ関わらないようにしようと決めていた。お互いにそのほうが幸福だと思ったからだ」

エディロンはアーモンドの花に向けていた視線をシャルロットに移す。

「だが、蓋を開けたら全く別の王女が来た。さらに、その王女は『この結婚を取りやめてほしい』などと、とんでもないことを言い始めた」

「……………」

シャルロットはどう答えてよいかわからず、口を噤んだままエディロンを見つめ返す。

エディロンもそこで言葉を止め、シャルロットを見下ろすとふっと表情を綻ばせる。

「とんでもないことを言う割に、民に寄り添い、驚くほど博識で、おまけに剣まで扱う。知れば知るほど驚かされることばかりで、益々知りたくなる」

大きな手がこちらに伸びてきて、シャルロットの頬に触れた。

「シャルロット。結婚を取りやめたいという気持ちに変わりはないか？」

「え……？」

──変わりありません。

そう言わなければならないのに、なぜかその一言が喉につかえて出てこない。こちらをまっすぐに見つめる金色の瞳から目が離せない。

「俺はあなたを、本当の妃にしたいと思っている」

シャルロットの目が驚きで大きく見開かれる。

「俺の妃になれ。お前が抱えている秘密ごと、俺が愛してやる」

「秘密……？」

エディロンはシャルロットの問いに答える代わりに、頬に添えていた手を顎へと滑らせる。優しい眼差しがかつて愛していた彼の姿と重なり、胸がぎゅっとなる。

風が吹き、周囲にピンク色の花びらが舞った。

顔を背けるのは簡単なのに、動くことができないのはどうしてなのだろう。

秀麗な顔が近づき、唇が重ねられた。

その日の夜になっても、シャルロットは混乱のただ中にいた。

（愛している？　わたくしを？　本当の妃にしたい？）

エディロンからはっきりと告げられた言葉を反芻し、頭を抱える。

(嘘でしょう?)

ダナース国に来てからというもの、エディロンとの婚約を破棄して死亡フラグをへし折ることだけを目標に、色々と頑張ってきた。

それなのに、一体どこで間違えてしまったのだろうか。

(ど、どうしよう……)

うんうんと悩んでいると、コトンと小さな音が鳴る。

「シャルロット様、随分とお悩みですね。息抜きをされてくださいませ」

目の前のローテーブルの端にはティーカップが置かれていた。顔を上げると、にこにこ笑顔のケイシーが立っている。

「本日のお花見は楽しかったですか?」

「え? えっと……、ええ」

動揺してちょっぴり挙動不審になってしまった。シャルロットは視線を泳がせながらもなんとか答える。

花見自体は楽しかった。

一面がピンク色に染まる景色は、それはもう言葉に尽くせないほどの美しさだった。

ただ、エディロンからの突然の告白やそのあとにキスされたことを思い出し、顔が熱を帯びるのを感じる。シャルロットは顔を手で扇ぐ。

「それはようございました。それでは、陛下には素敵なプレゼントをお贈りしないといけませんね」

ケイシーはにこにこしながら答える。

「プレゼント？」

「はい。それでお悩みになっていたのでしょう？」

シャルロットの目の前のローテーブルには王室御用達の商店のカタログが置いてあった。エディロンの誕生日プレゼントを考えようと、先日のお茶会のあとにわざわざ取り寄せたものだ。

シャルロットがカタログの前でうんうんと唸(うな)っていたので、ケイシーはシャルロットがエディロンの誕生日プレゼントに悩んでいると思ったようだ。

（あ、そうだわ。誕生日プレゼント……）

シャルロットはカタログに手を伸ばす。王室御用達の商店が選んだ一流の品々が挿絵付きで掲載されていた。

「ゆっくりお選びくださいませ」

「ええ、ありがとう」

ちょっとした小物から馬具、宝飾品まで色々と載っていて目移りしてしまう。

(エディロン様、どれならお喜びになるかしら?)

どうせなら喜んでほしい。

熱心に見入っていると、視界の端でカーテンが大きく揺れているのが映った。

「風が強くなってきたかしら?」

シャルロットは顔を上げ、窓を閉めようと立ち上がる。

窓を閉めると、窓ガラスには反射した自分自身の姿が映っていた。髪につけた金細工の髪飾りが目に入る。

その瞬間、急に頭が冷えた。

(そうだわ。わたくしったらバカね。悩むまでもないのに)

シャルロットは髪飾りに触れる。

約束の一年まで、あと数カ月。シャルロットが婚約破棄をしたいと言った理由は、結婚するとその日に自分が命を落とすからだ。

エディロンの言葉に頷くことは、即ちシャルロット自身の死を意味する。

エディロンはシャルロットを本当の妃にしたいと言ったけれど、どう転んだってシャルロットがエディロンの本当の妃になれることなどないのだ。結局死んでしまうのだから。

（どうせ去るなら、後腐れがないものがいいわよね……）

もう、あんな無惨な殺され方をするのは絶対に嫌だ。

自分を愛してくれていると信じていた人に実は愛されていないと知ったときの絶望感は、二度と味わいたくない。

殺されるのは痛いし、苦しいし、怖い。

「やっぱり、エディロン様には婚約を破棄していただかないと」

シャルロットはぎゅっと手を握る。

生き残るためには、婚約を破棄するしかない。もしも納得してもらえなかったら、ひっそりとこの王宮を去ろう。

シャルロットは胸の内で、そう決心する。

（約束の日まで、あと少し……）

シャルロットがダナース国の王宮を去れば、暫くののちにエディロンは新たな王妃候補を迎えるのだろう。そして、シャルロットは生涯独身を貫き、どこか片田舎で穏やかな人生を送る。

それはシャルロットがずっと望んでいたことのはずなのに――。
（どうしてこんなに、胸が痛むの？）
脳裏に浮かぶのは、今日の昼間に『お前が抱えている秘密ごと、俺が愛してやる』
といったエディロンの顔だ。
（あれってどういう意味なのかしら？）
動揺しすぎて確認できなかったけれど、エディロンは確かにシャルロットに『お前
が抱えている秘密ごと』と言った。
（エディロン様、ループのことを知っていらっしゃるの？）
一体どこから知ったのか？　どのくらい知っているのか？
疑問が次々に湧き起こる。
（じゃあ、それらを知った上でわたくしを愛している？）
そこまで考えて、シャルロットはぶんぶんと首を横に振る。
一度目の人生だってシャルロットはエディロンが愛してくれていると信じていた。
その結果、初夜に〝ドブネズミ〟と言われて殺されたのだ。
（そうよ。忘れちゃだめ）
シャルロットは自分に言い聞かせる。

（きっと、毎日のようにお話ししているから情が移ってきているのだわ）

一度目の人生、シャルロットはエディロンに殺された。それは紛れもない事実だ。

それなのに――。

何度も自分にそう言い聞かせないと、決心が揺らいでしまいそうだった。

騎士達が剣を打ち合うのを見守りながら、エディロンはふと背後へと視線を向ける。

訓練場の塀越しに見えるのは王宮の開放廊下だ。

「陛下。シャルロット様と喧嘩でもしたんですか？」

そう尋ねてきたのは、横にいたセザールだ。

「していない。なぜそんなことを聞く？」

「だって、最近離宮を訪問していないじゃないですか。その割に、今もシャルロット様のことを視線で探しているし」

セザールの指摘に、エディロンは思わず顔を顰めた。なぜシャルロットを探しているとわかったのか。勘が鋭すぎる側近を持つのも、考えものだ。

（少し、ことを急ぎすぎたか……）

エディロンは内心でため息をつく。

シャルロットとの距離を少しずつ縮め、花見に行く前はかなり良好な関係を築けていると思っていた。エディロンが訪問するとシャルロットはパッと表情を明るくし、花が綻ぶような笑顔を見せる。

それ故に、男としても好意を向けられていると思っていたのだが――。

その状況が一転したのは、あの花見の日からだ。

シャルロットから『気分が優れないので陛下にお会いすることができません』という主旨の手紙が届くようになり、明確な拒絶を示された。それでも諦めきれずに何度か離宮まで訪問したが、のらりくらりと適当な理由を付けて断られ、結局しっかりと会話ができていない。

考えられる理由は、エディロンがあの日『本当の妃にしたい』と言ったことくらいだ。

密(ひそ)かに探らせたところによると、シャルロットはエディロンに会わない他は今までと同じように城下に出るなど普通に過ごしているようだ。むしろ、最近はより活発に活動しているようにすら見える。

となると、エディロンに会いたくなくて言い訳しているとしか考えられない。

(困ったな)

もちろん、エディロンは国王なので無理矢理呼び出せばシャルロットは従うだろうが、そんなことをすれば益々彼女が心を閉ざしてしまうことは明白だ。できれば避けたい。

(城下にまで会いに行くか)

それ以外にシャルロットときちんと向き合って話す方法が思いつかない。それに、そろそろ結婚式の具体的な準備に取りかからないといけない時期に差しかかっており、いずれにしても一度きっちりと話す必要があった。

「セザール。今日の午後は何も予定が入っていなかったな?」

エディロンはセザールに自分の予定を確認する。

「今日の午後ですか? 予定していた会議がキャンセルになったため、空いています」

「久しぶりに城下に出かけようと思う。お忍びで行きたいから、供は目立たないようにしてくれ」

「かしこまりました」

セザールは頭を下げる。

エディロンは小さく頷くと、ぎゅっと拳を握る。

シャルロットを手放すつもりはない。離宮で会えないならば、城下に会いに行くまでだ。

離宮にある中庭。そこにある古びた噴水の前で、シャルロットは藻の生えた水面を眺めていた。

「はあ……」

ここ最近、何度出たかわからないため息がまた口から漏れる。

エディロンに本当の妃にしたいと告げられて以来、シャルロットはエディロンとの接触を避けてきた。一体、どう接すればいいのかがわからないのだ。

体調不良でもないのに『体調が優れないので』と暗にここには来ないでほしいと手紙を出し、見舞いに来てくれたエディロンを適当な理由を付けて追い返したことも一度や二度ではない。

（ある日突然姿を眩ますのは……やっぱりまずいわよね）

契約関係とはいえ、対外的にはシャルロットはエディロンの婚約者だ。その自分の姿が忽然と消えれば、国を挙げての大捜索になってしまう。

（やっぱり話さないと）

シャルロットはもう何度も行き着いた答えへと、もう一度行き着く。いつまでも逃げてはいられない。一生エディロンの仮の婚約者でいることなどできないのだから、どこかで区切りを付けなければ。

――ピピッ。

ひとり佇んでいると、小鳥の囀り（さえず）が聞こえた。顔を上げると、中庭の木に一羽の文鳥が止まっている。

「ハール！」

シャルロットはその文鳥――使い魔のハールに向かって呼びかける。

「お帰りなさい。もしかして、ジョセフからの手紙を？」

「当たり！　はいどうぞ」

ハールは片足を突き出すようにシャルロットに見せる。シャルロットは早速、筒状に丸められた手紙を外してそれを開いた。

＊＊＊

姉さんへ

手紙をありがとう。

最近元気がなさそうな気がするんだけど、気のせいかな？　僕の杞憂であればいいのだけど。

姉さん、僕達が生きた人生は同じようでいつも違っている。

今この瞬間も僕達は生きているよ。

いつも言っているけれど、僕は姉さんが望む道に進むことをいつも応援している。

何があったのか詳細はよくわからないけれど、僕は姉さんの味方だよ。

もう一度、どうしたいのかよく考えてみて。

ジョセフより

＊＊＊

シャルロットは短い手紙の文面を何度も目でなぞる。

「ジョセフったら……」

何があったかの詳細を話したわけでもないのになんとなくシャルロットの状況を察したような手紙をくれるのは、双子故だろうか。ジョセフとシャルロットはただの双子というだけでなく、何度も不思議なループを繰り返した同志としても強い絆で結ばれている。

「わたくしが望む道、か……」

二度目の人生からこれまで、ただ生き残ることだけを目標にしてきた。けれど、一体自分はどんな人生を歩んでみたいと思っているのだろうと考えてみる。

(わたくしは――)

そのとき、遠くから「シャルロット様！」と呼びかける声がした。そちらを見ると、ケイリーが片手を振っている。

「トムス商店より、ご依頼のものが届いたと連絡がありました」

「本当？　ありがとう」

トムス商店とは、グランバザール大通りにある高級ステーショナリー用品店の名前だ。シンプルながらしっかりとした機能のステーショナリーを揃えており、貴族の愛用者もとても多い。

シャルロットは来週に迫ったエディロンの誕生日プレゼントに、ここの万年筆を選んだ。

万年筆はここ最近急速に流通し始めた。いちいちインクに浸さなくても文字が書けるので文字を書くことが多い人々にとても人気な品だ。

ただ、製作には熟練の職人による繊細な技が必要なので、庶民にはなかなか手にすることが難しい高級品でもある。

色々と考えて、実用的だし邪魔にもならないからぴったりだと思ったのだ。

「今から取りに行こうかしら」

「かしこまりました」

ケイリーは笑顔で頷いた。

その一時間後。シャルロットは城下のグランバザール大通りにあるトムス商店にいた。

「こちらがご依頼の品物でございます」

メガネをかけた人当たりのよい店主が奥から黒い小箱を持ってくる。それを開けると、中には緋色(ひいろ)の万年筆が入っていた。

「とても素敵ね」

シャルロットは万年筆を手に取り、それを眺めて表情を綻ばせる。

ボディには金の枠が嵌(は)まっており、エディロンの雰囲気によく合う気がする。

エディロンは普段の執務でもサインをすることが多いので、彼の仕事の手助けになればいいなと思う。

「ありがとう。とても素敵だわ」

「では、お包みしてもよろしいでしょうか？」

「ええ。お願いするわ」

シャルロットは頷く。

(これをお渡しするときに、きちんとエディロン様とお話ししよう)

シャルロットはそう決心すると、店主が包んでくれた小箱を鞄の中にしまった。

トムス商会を出たシャルロットは辺りを見回す。相変わらず、ダナース国の王都はとても賑やかだ。

（この景色も、もう少ししたらお別れね）

ダナース国に来てから、シャルロットはエディロンとの婚約を破棄したあとどうやって生きてゆくかを考えた。その結果、教師になってみたいと思った。

幸い、シャルロットは六回も人生を繰り返しただけあって学校で教えるような勉強は一通りできるし、五度目の人生では刺繍で生計を立てていたくらいなので裁縫だってできる。雇ってくれる場所はあるはずだ。

何よりも、子供達に教えるのはとても楽しい。シャルロットはこれまで孤児院で奉仕活動することが幾度かあったが、新しいことを覚えて目を輝かせるあの笑顔を見る度にやりがいを感じていた。

「そうだわ。孤児院のみんなに――」

せっかく城下に来たのだから、会いに行こう。シャルロットはお土産に大通り沿いの店舗でパンを買い、それを持って孤児院へと歩き始めた。

孤児院の前では、子供達が地面に石で絵を描いて遊んでいた。

シャルロットは通りの反対側にいる彼らに向かって「みんなっ！」と呼びかける。

子供達はシャルロットの声に気付いて一様に顔を上げた。

「お嬢様！」

しゃがみ込んで遊んでいた女の子のひとりがシャルロットを見て嬉しそうに声を上げる。パタパタと駆け寄ってきてシャルロットの腰の辺りにぽすんと抱きついてきた。

「お嬢様、遊びに来てくれたの？」

「ええ、そうね。みんなの顔が見たくなって」

シャルロットはにこりと微笑む。

「そうだわ。これ、みんなにお土産なの。手を洗ってから食べましょうね」

「わあ、嬉しい。美味しそうな匂いがするわ」

女の子はほっぺたに両手を当てて、歯を見せて笑う。

シャルロットも釣られたように微笑むと、女の子の手を握って一緒に歩き始めた。

そのときだ。

「きゃー！」

どこからか、大きな声がした。

「え？」

驚いたシャルロットはその声の方向を見る。ちょうど目に入った大通りの向こう側に、人々が集まっているのが見えた。

（何かしら？）

人々の中心には一頭の牛がいる。機嫌が悪いのか、しきりに首を振って暴れている。

「あれは、暴れ牛ね？」

荷車に繋がれた牛は酷く興奮しているようだ。主が必死に言うことを聞かせようと努力しているが、全く大人しくなる様子がない。

「みんな、危ないから建物に入りましょう」

シャルロットは周囲で遊んでいた子供達に呼びかける。

暴れ牛は人やものがあっても突進してくることがあるので、とても危険なのだ。巻き込まれると大怪我をしたり、最悪命を落としたりするから怖い。

「落ち着かせろ！」

「危ないぞ！」

人々が叫ぶ声がしきりに聞こえる。暴れている牛は今にも主の握っている綱を振り切りそうだ。

「ケイシー！　子供達を建物へ」

シャルロットはケイシーにも、周囲にいる子供達を建物に誘導するよう指示する。

「はい。かしこまりました」

ケイシーは建物の前で遊んでいた子供達を中に入れ始める。そして、ふとシャルロットのほうに目を向けて表情を引き攣らせた。

「シャルロット様！」

ケイシーの表情は、必死に何かを訴えかけようとしていた。

（え？）

背後を振り返ったシャルロットは大きく目を見開く。

まさに、暴れていた牛が主の制止を振り切り、こちらに走ってきている。

（いけない。こっちに来る！）

興奮しているせいで、ものすごいスピードだ。咄嗟に逃げようとしたシャルロットは躓いて倒れる。子供達が絵を描くのに使っていた小石に足を取られたのだ。

（間に合わない！）

既に牛は目前まで迫っていた。

（六度目の人生は、牛に襲われて結婚前に死ぬなんて——）

シャルロットはぎゅっと目を瞑る。

こんな結末、誰が予想していただろう。少なくとも、シャルロットは予想していなかった。

（エディロン様に、お誕生日おめでとうございますって言えなかったな）

死を覚悟したとき、なぜか最初に思い浮かんだのはエディロンの顔だった。

婚約を破棄したいという一方的な要求を押しつけたにもかかわらず、いつも優しく接してくれた。

周囲に響く牛の雄叫びと、悲鳴と歓声。

（怖いっ！）

しかし、すぐに来ると思っていた痛みはいつまで経っても来なかった。

牛の悲鳴と人々の歓声が聞こえる。体を抱き起こされてぎゅっと抱きしめられる温もりを感じた。

「シャルロット。大丈夫か⁉　怪我は？」

恐る恐る目を開けると、シャルロットを抱きしめて心配そうにこちらを見つめているのはエディロンだった。

（これは夢？）

ここにエディロンがいるわけがない。

そう思うのに、夢でも会えて嬉しかった。

「陛下。暴れ牛は？」

「仕留めた。それよりも、あなたのことだ。膝を擦りむいているな。ああ、ここも血が出ている」

エディロンはシャルロットの体の見えている部分を確認して、心配そうにしている。

（牛を仕留めた？）

暴れている牛を仕留めるのは、たとえ騎士であっても命がけのはずだ。それを一瞬で？

（やっぱり、夢なのね）

夢の中でもエディロンはやっぱりシャルロットを優しく気遣っている。そんな姿を見て、胸の内に温かいものが広がった。

「シャルロット？　なぜ笑っている」

エディロンが訝しげに眉根を寄せる。

笑っていただろうか？　笑っていたかもしれない。

だって――。

この人をとても愛おしく感じたのだ。

「陛下」

「どうした？　どこか痛いのか？」

「あなたのことが好きです」

エディロンがハッとしたように息を呑む。

ずっと言えなかった、気付いていたのに気付かないふりをしていた言葉がようやく口からこぼれる。

もうずっと昔から、この人が好きだった。

──一度目の人生で、出会った瞬間から。

城下で暴れ牛に襲われたシャルロットを助けたのは、全くの偶然だった。
なかなか会うことができないシャルロットになんとかして接触しようと城下に出たエディロンは、まずはシャルロットがいつも最初に向かうというグランバザール大通りに行った。
「確か、行きつけはマダム・ポーテサロンだったな」
以前、シャルロットにどこに行っていたのかと詰問したときに聞き出した店を探すと、それは刺繍専門の高級サロンのようだった。

ドアを開けると、中は白を基調とした明るく華やかな空間が広がっていた。刺繍が施された品々が至るところに飾られている。

「いらっしゃいませ。どんなお品をお探しでしょうか？」

すぐに出迎えてくれたのは、店主と思しき中年の婦人だ。少し白髪の交じり始めた髪の毛をひとつに纏めた、こざっぱりとした上品な女性だった。

「商品を見に来たわけではないんだ」

「あら。では、買い取り希望でしょうか？」

「いや、違う。人を探している。よくここに、腰くらいまである淡いピンク色の髪の女性が来ると思うのだが、今日は来ていないか？」

ダナース国でピンク色の髪は珍しい。女店主はすぐにそれが誰のことか思い当たったようだ。

「オードランさんのことですか？　よくお手製の品々をお納めくださいますが、今日はいらっしゃっていないですね」

「そうか……」

きっと来ていると思っていただけに、予想が外れてがっかりする。だが、それと同時に、別のことが気になった。

「彼女は刺繍した品を納めているのか？」

てっきり、買いに来ているのだとばかり思っていた。

「はい。オードランさんはとてもお上手なので、当店でも特に人気の品となっております」

「見てもいいか？」

「もちろんです」

女店主はにこりと微笑むと、店内に置かれた商品の中から何点かを選んで持ってきた。

「こちらですよ」

それは、数枚のハンカチとテーブルクロスだった。小鳥や花、小動物などが刺繍されており、どれも熟練の職人が作ったと言われても違和感ない出来栄え（できばえ）だ。

その中のひとつに、エディロンは目を留める。

「これは……」

それは、ピンク色の小さな花だった。白いハンカチに刺繍されている。

「ああ。これは最近納品いただいたものです。なんでも、アーモンドの花を見に行かれたそうです。とても楽しかったようで、思わず刺繍してしまったと」

「そうか」

その後の態度からもしかすると嫌な思い出になっているのではないかと心配していたが、シャルロットが楽しかったと周囲に話していると知り、エディロンは口元を綻ばせる。

「このハンカチ、もらってもいいか？　いくらだ？」

「三〇〇ルビンです」

「わかった」

ポケットから一〇〇ルビン硬貨を三枚取り出し、女店主に手渡す。女店主がそれを丁寧に包もうとしたので、「そのままでいい」と言ってエディロンはそれをそのままポケットに入れた。

（ここに来ていないとすると、あとは孤児院だろうか？）

店を出たエディロンは、以前シャルロットが子供達を遊んでいた孤児院を思い出し、そちらに向かうことにした。

ところが、近づくにつれて何やら悲鳴のような声が聞こえてきて、様子がおかしい。

「何かあったのか？」

「わかりません」

それとなく近くに控えていたセザールに話しかけるが、セザールもなんの騒ぎなのか予想が付かないようだ。

妙な胸騒ぎがした。

足を速めて進む。

ようやく騒ぎの元に近づくと、どうやら荷車を引く牛の機嫌が悪いようで暴れているようだった。

「一般人に被害が出る前になんとかしたほうがいいな」

「はい。すぐに対応します」

セザールは頷くと、その場を離れる。警邏中の騎士団に知らせに行ったのだ。

（益々興奮しているな……）

セザールを待つ間にも、牛の興奮は収まらない。今にも飼い主と思しき男性の持っている綱を振り払わんばかりの勢いだ。

（まだか？）

周囲に視線を走らせたエディロンは、そこで淡いピンク色の髪の女性がいるのを見つけてぎょっとした。

（シャルロット？）

それは紛れもなくシャルロットだった。孤児院の前で遊んでいる子供達を、建物の中に避難させようとしているようだ。

「そんなところにいると危ないぞ！」

興奮した牛に襲われれば、成人男性とて無事では済まない。子供や女性が襲われれば命を落とす可能性も高い。それはシャルロット自身にも言えることだ。

手伝いに行こうとシャルロットのほうへ走り出したタイミングで最悪の事態が起こる。遂に制御を失った牛が、飼い主の制止を振り切って走り出したのだ。

さらに悪いことに、走って行ったのはシャルロットがいる方角で、シャルロットが逃げようとして足をもつれさせて転ぶのが見えた。

（まずい！）

エディロンは咄嗟に自分の目の前を走り抜けようとする牛めがけて、袖口に仕込んであった短剣を投げつける。それは見事に牛の臀部(でんぶ)に突き刺さった。

悲鳴を上げて一瞬動きを止めた牛に素早く飛び乗ると、その短剣を引き抜いて今度は脳天に突き刺した。どうすることもできずにこちらを見つめていた周囲の人々から歓声が上がる。

「シャルロット！」

牛を仕留めたエディロンは地面に倒れるシャルロットを助け起こす。シャルロットは恐怖で混乱しているのか、どこか目が虚ろだった。

転んだ拍子に骨を折ったりしていないかと心配するエディロンを見上げ、口元に微笑みを浮かべる。

「陛下」

「どうした？　どこか痛いのか？」

エディロンはシャルロットの顔を覗き込む。

「あなたのことが好きです」

言われた瞬間、息が止まるような衝撃を受けた。

明らかに拒絶する態度を示していたシャルロットが初めてエディロンに直接告げた、好意の言葉だったから。

しかし、その直後にエディロンは別の意味でぎょっとする。シャルロットがふっつりと意識を失ったのだ。

「シャルロット？　おい、シャルロット！」

エディロンはシャルロットを両腕に抱いて立ち上がる。

（彼女に何かあったら……）

そう思うと、居ても立ってもいられなかった。

気が付くと、見慣れた天蓋が見えた。シンプルな木製の枠に白い薄衣がかけられたこのベッドは、シャルロットが毎日使っているものだ。

「シャルロット！　気付いたか」

慌てたような声が聞こえて視線を横に投げると、なぜがベッドの脇にある椅子にエディロンが座っていた。

「あれ？　わたくし……」

（どうしてベッドに寝ているのかしら？　なんで、エディロン様がここに？）

よくわからず額に手を当てて考え、城下で暴れ牛に襲われそうになった記憶が甦る。

「医師に診させたところ、大きな怪我はないそうだ。驚いて一時的に気を失っただけで、擦り傷も一週間もあれば綺麗になるだろうと」

エディロンはシャルロットの手を取ると、その甲にキスを落とす。

「子供達はもちろん、全員無事だ。牛は俺が殺してしまったから、持ち主には新しい牛を代わりに渡す手配をした。もちろん、今度同じように牛でトラブルを起こしたら牛を飼うことは許さないと灸(きゅう)を据えておいた」

「よかった……子供達が無事で」

シャルロットはほっと息をつく。そして、続くエディロンの説明を聞きながら、暫し考える。段々状況が理解できてきて顔を青くした。

（……うそっ！　もしかして、全部夢じゃなかった⁉）

あんな都合のよいタイミングでエディロンが現れるわけがないと思っていたので、完全に夢だと思っていた。

（ど、どうしましょう……）

意識を失う直前、好きですと言ってしまった気がする。

あの部分は夢？　できれば夢であってほしい。

「ご迷惑をおかけしました」

「いや。間に合ってよかった。あと少し遅かったらと思うと、ぞっとする」

「一歩間違えば、陛下が危険でした。大怪我をしたかもしれないのに」

「俺は、あなたのほうが大切だ」

「え……」

エディロンがシャルロットの存在を確かめるように、握っていた手を自分の頬に当てる。胸がまたぎゅっと苦しくなる。

「シャルロット」

エディロンにまっすぐに見つめられ、シャルロットはどきっとした。エディロンが何か、とても大事なことを言おうとしていると感じたのだ。

「もう一度言う。俺の妃になってほしい」

真摯な瞳に射貫かれ、胸をぎゅっと掴まれるような感覚。シャルロットはエディロンに握られていない側の手を自分の胸に当てる。

「……む、無理です」

シャルロットはふるふると首を左右に振る。

シャルロットは結婚すると、その日のうちに死ぬ。どう頑張っても、エディロンの妃にはなれない。なれたとしても、結婚式の日が終わるまでの数時間だけだ。

それを聞いたエディロンはぐっと眉間に皺を寄せた。

片手を包む大きな手に、力がこもる。

「なぜだ。俺達の結婚は国と国が決めたことだから障碍(しょうがい)はない。俺はあなたを愛している。それに、シャルロットも俺が好きだと言っていた」

(ゆ、夢じゃなかった!)

どうか『好きです』と告白した部分だけでも夢であってほしいと思っていたけれど、ばっちりと聞かれていたようだ。

——愛している。

そう言われて喜びで胸が震えるのに、同時にどうしようもない絶望感が襲ってくる。

「でも、無理なのです」

シャルロットはもう一度同じ言葉を告げる。

「それでは納得できない。何が理由で無理なんだ? それがわからない限り、俺はあなたを諦めきれない」

「それは……」

シャルロットは口ごもる。

「以前も言っただろう。あなたが抱える秘密ごと、俺が愛してやる」

——あなたが抱える秘密ごと。

確かにエディロンは以前、そう言った。その意味はまだ聞けていないけれど。

(やっぱり、エディロン様はわたくしのループの秘密を知っていらっしゃるの?)

どうすればいいのかと頭が混乱してきて、シャルロットは自分にかかっている布団を所在なく見つめる。

エディロンの求婚に頷きたいと思う自分がいる一方で、一度目の人生の絶望感を思い出してしまい、もう二度とあんな目に遭いたくないという自己防衛の気持ちが湧き起こるのだ。

でも本当は、叶(かな)うことなら――。

「シャルロット。俺を見ろ」

ハッとして顔を上げてから、顔を上げたことを後悔した。

エディロンの金色の瞳は、シャルロットにとって不思議な魅力がある。一度目が合うと囚われてしまい、目が離せない。

「わ、わたくし……」

つうっと目から涙がこぼれ落ちる。

「わたくしには陛下の妃になれないわけがあります」

エディロンはシャルロットの頬に触れると、その涙を指で拭った。

「…………。それは、あなたが本当はシャルロット王女ではないからか？」

「……はい？」

空耳だろうか。

シャルロットが本当はシャルロット王女ではない？　予想外のエディロンの言葉に、シャルロットは思わず目をまん丸にする。

「違うのか？」

エディロンはシャルロットの反応に、どうやら間違っていると気付いたようで今度は困惑した様子だ。

「違います。わたくしは間違いなく、エリス国第一王女のシャルロット＝オードランです」

「…………」

「…………」

ふたりを沈黙が包む。

（え？　どういうこと？）

シャルロットは大いに混乱した。

（もしかして、一度目の人生もわたくしが偽物の王女だと思ったから〝ドブネズミ〟と？）

そうであるとすれば、偽王女を嫁がせたと憤慨したエディロンがシャルロットを斬り殺したことも納得できる。

「違うのか……。俺はてっきり、あなたがそれで悩んでいるのだと」

一方のエディロンは自分の予想が外れてよっぽどばつが悪かったのか、口元に手を当てて居心地が悪そうだ。

「……ちなみに陛下は、なぜそう思われたのですか？」

「あなたがあまりにも博識すぎるからだ。幼少期から専門機関で教育された人間だろうと。諸外国のことに詳しすぎるし、剣を扱えるのも不思議だった。それに、刺繍も──」

「刺繍？」

シャルロットは確かに刺繍が得意だ。けれど、それをエディロンに話したことがあっただろうか？

「実は、今日これを──」

エディロンがポケットから取り出したのは、見覚えのあるハンカチだった。白い生地にピンク色の小さな花がいくつも刺繍されている、可愛らしいデザインだった。

「え？　どうしてこれを陛下が⁉」

シャルロットは驚いて声を上げる。

「買い取った。あなたが製作したと聞いて」

「どうして！」

「シャルロットが作ったと知って、ほしくなったからだ。あなたが俺を避けるようになったから、城下であれば捕まえることができると思って探している最中に偶然知った」

予想外のことが多すぎる。シャルロットは唖然としてエディロンを見つめる。

シャルロットを城下で探していた？ エディロンは国王なのだから会おうと思えば無理矢理シャルロットを従わせることだってできるのに、わざわざ自分が城下に出向いて？

（エディロン様……）

胸の内に温かいものが広がる。

城下に出向いたのは、無理強いしてシャルロットの気持ちを傷つけるのを嫌ったからだろう。いつだってエディロンはシャルロットの気持ちを優先して、気遣ってくれる。

それと同時に、「そんな突拍子もないことを想像していただなんて！」となんだかおかしくなってくる。

「ふふっ。あははっ。陛下、そんなことを思っていらしたのですか？　エリス国が偽物の王女を嫁がせたと」

「てっきり、そう思っていた。だから、偽物の自分では結婚できないと悩んでいるのかと」

「偽物だと思ったのに、結婚しようと？」

「そのつもりだった。あなたには王妃になる資質があると思ったし、何よりも俺はあなたを愛している」

「……っ！」

まただ。エディロンに愛していると告げられる度に、あれほど頑丈に鍵をかけて葬り去ったはずの感情が動き出す。

「……いいえ、違います。わたくしは間違いなくシャルロット＝オードランで、エリス国第一王女です」

シャルロットはきっぱりとエディロンの想像を否定する。

「では、なぜだ？」

エディロンは困惑しつつもシャルロットを見つめる。

「それは……」

口ごもるシャルロットは、エディロンの肩越しに見えるサイドボードの上に置かれたジョセフからの手紙に気付いた。

『姉さん、僕達が生きた人生は同じようでいつも違っている。

今この瞬間も僕達は生きているよ。

いつも言っているけれど、僕は姉さんが望む道に進むことをいつも応援している。

何があったのか詳細はよくわからないけれど、僕は姉さんの味方だよ。

もう一度、どうしたいのかよく考えてみて』

書かれていた内容が脳裏に甦る。

(わたくし達の人生は、同じようでいつも違っている?)

確かにそうだった。現に、過去五回の人生では全て死に方が違っている。

――姉さんが望む道に進むのが、一番だよ。

ジョセフはいつもそう言って応援してくれた。

(そうよ。今のエディロン様がわたくしを殺すとは限らない)

この秘密を打ち明けるのは勇気がいる。

突拍子もなさすぎて、信じろというのは無理がある。最悪、正気を失ったと思われてしまうかもしれない。

（大丈夫。エディロン様ならきっと信じてくれるわ）

シャルロットは自分自身を奮い立たせるように、ぎゅっと手を握ると深く息を吸い込む。

「陛下。これからわたくしがお伝えする秘密は、とても不思議なお話です。それでも信じてくださいますか？」

「もちろんだ」

エディロンは真剣な表情で頷く。その表情を見て、シャルロットは表情を綻ばせた。

「始まりはもうずっとずっと昔のことになります。わたくしはエリス国主催の大規模なパーティーで、ひとりの男性と出会いました──」

シャルロットの長い語りに、エディロンはじっと耳を傾けた。

──

──

──

途中で淹れた熱い紅茶は、いつの間にかすっかりと冷め切っていた。エディロンはその冷めた紅茶を気にする様子もなく飲み干すと、額に手を当てる。

「つまり、あなたは今の人生が六回目であり、結婚するとその日に死ぬと？」

「はい。そうです」

シャルロットは頷く。

エディロンは眉間に深い皺を寄せたまま、一点を見つめている。といっても視線の先に何かがあるようには見えないので、ただ単にこの突拍子もない話に驚き考え込んでいるだけだろう。

「信じられないですよね……」

シャルロットは目を伏せ、ぎゅっと手を握る。

普通であれば到底信じられる話ではないことは、シャルロット自身も重々承知している。

「いや……」

エディロンは一点に向いていた視線をシャルロットの顔へ向ける。

「信じよう。あなたの持っている知識や剣などに関する技術をせいぜい二十年しかない人生で全て身につけるのは難しい。それ専門に育てられたのかと思ったが、それにしても無理がある。それに、俺は人を見る目に関しては自信がある。あなたは今、嘘をついていない」

（信じてもらえた？）

まっすぐに見つめられそう言われ、胸に熱いものが込み上げてくる。

しかし、そのあとに続いた言葉に思わず苦笑してしまった。

「シャルロット。あなたのこれまでの人生ではそういうことが起こったのかもしれないが、今回は絶対に死なせない。俺が守ってやる」

この台詞、最初の人生でシャルロットを殺したのがエディロンでなければとても頼もしく感じたと思うのだけれど——。

「実は陛下……、一度目の人生でわたくしを殺したのはあなたです」

「……は？」

「あなたがわたくしを斬り殺しました。その剣で」

シャルロットはエディロンの脇に視線を投げる。そこには、いつもエディロンが腰に佩いている立派な剣が置かれていた。見た目だけでなく、中身もしっかりと磨き込まれた真剣だ。

「俺が？」

「はい」

「嘘だろう？」

「本当です」

シャルロットの返事に、エディロンは解せないと言いたげな表情だ。

「どういう状況で？」

「初夜に来訪を待っていたら、斬り殺されました」

そのときに〝ドブネズミ〟という蔑みの言葉つきだったことは、ここで言わなくてもいいだろう。

「……そんなバカな。何かの間違いじゃないか？」

エディロンは口元に手を当て、眉間に深い皺を寄せる。

本気で信じられないようだ。

（本当に、何かの間違いだったらよかったのだけれどね）

残念ながら、シャルロットが話していることは紛れもない真実だ。そしてあの日を境に、シャルロットの不思議なループが始まった。

「シャルロット」

エディロンがシャルロットの手を取り、こちらを見つめる。

「過去はそうであったかもしれない。だが、今の俺は絶対にあなたを殺したりしないし、誰かに殺させたりもしない。これは信じてほしい」

「陛下……」

「命に代えてでも、絶対に守ってやる。だから、俺の妃になってほしい」

「……はい。あなたを信じます」

シャルロットが頷くとエディロンは相好を崩し、まるで子供のような笑顔を見せる。

そして、ぎゅっとシャルロットを抱きしめる。その力強さが今はとても心地いい。

大きな手でシャルロットの髪を撫でたエディロンは、何かに気付いたようにその手を止めた。

「この髪飾りは母君の形見だと言っていたな？　確か、初めて会ったときもつけていた。懐かしいな」

「初めて会ったとき？」

シャルロットは少し体を離し、エディロンを見る。

「エリス国の舞踏会でつけていただろう？」

「エリス国の舞踏会で？」

シャルロットは不思議に思った。

一度目の人生では舞踏会でこれをつけているときにエディロンに出会ったが、今世ではシャルロットはその舞踏会に参加していない。

「ああ、そうだ。あなたは会場の外にひとりでいて、そのトカゲと一緒に時間を潰していた」

エディロンが視線で指したのは羽根つきトカゲのガルだった。部屋の隅で眠っていたガルは自分ことを話しているのを悟ったのか顔を少し上げる。

「あとは、ものすごく酸っぱいフルーツを渡された気がする。あれはなんだったかな……」

「もしかして、トネムの実ですか？」

「ああ、そうだ。それだ」

エディロンは思い出せたことで満足したのか、パッと表情を明るくする。

「陛下とわたくしは、昔会ったことがある？」

「あるな。エリス国の行った大規模な社交パーティーで会った。俺は父上と一緒に参加していたのだが、あの時期は今よりもさらにダナース国の立場は微妙で周辺国の態度も悪かった。会場で酔った異国からの賓客にバカにされたことが悔しくて会場から飛び出したら、あなたがいた」

シャルロットは遠い記憶を呼び起こす。

（それって……）

シャルロットのループは毎回、母親であるルーリスが亡くなって一年くらい経った頃——十三歳から始まる。そして、シャルロットの記憶が正しければ最後に参加した社交パーティーはループの開始する直前のタイミングだった。

（確かに、来賓の方とお話しした記憶があるわ）

社交パーティーに参加しろと言われたものの楽しむ気分になれず、会場の外でガルと遊んでいた。

そこに少し沈んだ様子の若い男の人が来たので、元気づけようと集めたトネムの実を渡した気がする。ちなみに、トネムの実はよくジョセフともぎ取って食べていたフルーツの名前だが、そのままだと酸っぱいのでジャムにするのがお勧めである。

「陛下はわたくしと再会したとき、それがわたくしだと気付いていたのですか？」

「いや、気付いていない。実を言うと、最初に会ったときはあなたのことをそもそも王女だとも思っていなかった。どこかの有力貴族の子供が遊んでいるのだろうと——」

エディロンはばつが悪そうに口ごもる。

それは無理もないだろう。社交パーティーで王女が会場を抜け出し庭園でこっそり遊んでいるなどと、誰が想像するだろうか。しかも、シャルロットの格好は王女と呼ぶには質素すぎるものだったと記憶している。

「最初に『もしかして』と思ったのはそこにいるガルを見たときだ。そして、訓練場でこの髪飾りをつけているあなたを見たときに間違いないと確信した」

「そうだったのですか。だからあのとき、驚いたような顔をされたのですね？」

シャルロットは全く知らなかった事実に驚く。

それと同時に思い出したのは、一度目の人生で出会ったときのエディロンの様子だ。

「そういえば、一度目の人生で陛下と社交パーティーでお会いしたときも、陛下は髪飾りを見て驚いていました」

もしかしたら、あの時点でエディロンはシャルロットが以前会った女の子だと気付いていた？

エディロンもシャルロットと同じことを考えたようだ。

「なら、以前会ったのがあなただと気付いていたはずだ。結婚の申し込みではあなたを名指ししていたのだろう？ おそらく、その時点で妃に迎えると決めているはずだ」

「なぜそんなことがわかるのですか？」

「わかる。別次元とはいえ、俺なんだ。間違いなくあなたに好感を抱いている」

自信満々に言い切られ、なんだか気恥ずかしくなる。

「それだけに、なぜ自分があなたを斬ったのかがわからない」

エディロンは眉間に皺を寄せ呟く。

しかし、すぐに考えても詮ないことだと気を取り直したようにシャルロットを見つめた。

「今回は、絶対にそんなことにはさせない。必ず、守ってやる」

「はい」

こくりと頷くと、優しく抱き寄せられて唇が重ねられる。蕩けるようなキスをされると、シャルロットは容易く夢見心地になる。

「シャルロット、愛している」

繰り返し囁かれる言葉は、鼓膜を心地よく揺らす。

エディロンの妻になることは、嬉しいのと同時にとても怖い。また、結婚式の日に殺されてしまうのではないかと不安でたまらなくなる。

それでも、こうして抱きしめてくれる心地よい温もりをもう一度信じてみたいと思った。

◆八、真相と黒幕

慌ただしい日々はあっという間に過ぎてゆく。

結婚式が明日に迫ったこの日、シャルロットはエディロンと一緒に過ごしていた。

「新しい部屋の居心地は悪くないか？」

「大丈夫です。家具も離宮のものに似たものをご用意してくださいましたし」

シャルロットは頷く。

シャルロットが明日から過ごすのは王宮の上層階にある妃のための部屋で、一度目の人生でシャルロットが使っていたのと同じ部屋だ。

結婚式に併せて離宮から王宮へ引っ越しするにあたり、妃のための部屋の整備をすると聞き、シャルロットは離宮で使用していた家具に似たものがいいと願い出た。あの部屋の雰囲気が気に入っていたのだ。

「お庭が少し遠くなってしまうのが残念ですが、たまに遊びに行こうと思います。あの離宮のお庭はとても素敵でした」

「そうだな。あそこは永らく使っていないから、何かに利用できればいいのだが」

エディロンが頷く。

そのとき、部屋のドアをノックする音がした。

「誰だ？」

「私です。セザールです」

「セザールか。入れ」

エディロンが許可を出すとすぐに、部屋のドアが開かれる。

「何があった？　明日の準備に不備でも発覚したか？」

エディロンが尋ねる。

こんな夜遅く、しかも結婚式の前日にセザールがエディロンの下を訪ねて来るとなると、何かよからぬことがあったと考えるのが自然だ。

「いえ、明日の準備は滞りなく進んでおります」

「では、どうした？」

エディロンが尋ねる。

「実は、反逆勢力の件で至急お耳に入れたいことが――」

セザールがワントーン声を潜めて、エディロンに告げる。

（反逆勢力？）

シャルロットは確かに聞こえたその単語にハッとした。以前、お茶会の際にエディロンには彼のことをこころよく思わない反逆勢力がいると聞いたことがあった。

セザールはエディロンの横に座っているシャルロットを気にするようにちらりと視線を向ける。シャルロットがいるこの場で話を始めていいものかと迷っているようだ。

「あの……わたくし、席を外しましょうか？」

敏感にそのことを察したシャルロットは、エディロンに問いかける。すると、エディロンは首を横に振った。

「いや。ここにいて構わない。シャルロットは明日にはダナース国の王妃になるのだから」

「承知しました。それでは、報告させていただきます。実は、明日の結婚式に併せてよからぬ動きがあるとの情報が入っています」

セザールが険しい表情でエディロンに報告する。

「明日の結婚式に併せて？　なるほど。警備が厳重になる反面、人の出入りが激しくなるから部外者も入り込みやすくなるのか」

「はい。宮中に入る者のチェックは厳重に行いますが、それでも注意したほうがいいかと」

「ああ。それで、一体どういう企みだ？」

「陛下の命を狙おうとしているようです」

「ほう？」

エディロンの視線が鋭いものへと変わる。

「明日の結婚披露パーティーののち、陛下は確実にシャルロット様が待つ寝室へと向かいます。そこを狙っているようです」

「なるほど。初夜に妻の元を訪れない夫はいないからな。浮かれているし、行為の最中は無防備で襲いやすい」

エディロンは特段驚いている様子もなく、淡々と答える。一方のシャルロットは物騒な話に顔色を失った。

（命を狙われているですって？）

確かにエディロンが気に入らないと思っている反逆勢力なのだからそうするのが一番手っ取り早いのだろうとは想像が付く。しかし、いざ実際に耳にするとぞっとする。

「だが、寝室に入るにはその前段で俺の私室に入る必要があるし、私室のドアの前には警備の兵士がいるから狙いにくくもあるのだがな」

エディロンの言うとおりだった。

ダナース国の王宮の国王夫妻の寝室は夫婦それぞれの私室と続き間になっている。

私室との間にはドアがひとつずつあり、寝室の外側と内側のどちらからも鍵がかけられる仕様になっていた。

「窓から侵入するつもりでしょうか？」

エディロンは立ち上がり、部屋の窓を開けて寝室側を見る。そしてまたソファーへと戻ってきた。

「ここは三階だ。足がかりもないし、難しいだろう」

「そうは思いますが、念のため明日は屋上と外壁周りの警備も強化します」

「ああ。そうしてくれ」

エディロンは頷く。

「ところで、黒幕は確認できたか？」

「ある程度見当は付いておりますが、証拠がありません」

そのとき、ふとセザールがシャルロットへと視線を向けた気がした。

（……何かしら？）

不思議に思ったけれど、それは一瞬のことでセザールは既にエディロンへと視線を向けている。

「いかがなさいますか？　奴らは既に警備計画を把握している可能性があります。結婚式開始直前に急に予定より警備が強化されれば、企みが露見したと勘付き作戦は中止になるかもしれませんが――」

「ふむ」

エディロンはどうするべきか、顎に手を当てて思案する。

（作戦が中止に？　でも、それってまた別の日にエディロン様が狙われるってことよね？）

シャルロットは不安になってふたりの顔を見比べる。エディロンもまだ決断しきれないようで、考えている様子だ。

「あのっ！」

シャルロットは意を決して、口を開く。

「企みに気付いていないふりをして敵をおびき出してはいかがでしょうか？」

エディロンはそれを聞き、眉根を寄せる。

「しかし、奴らが狙っているのは寝室に向かうタイミングだ。場合によっては、あなたにまで危険が及ぶ可能性がある」

「大丈夫です。彼らが狙っているのはわたくしではないのでしょう？」

「しかし、明日は結婚式の当日だ。万が一ということも考えられる」

——結婚式当日。

そう聞いて、エディロンが何を心配しているのかすぐに理解した。その暗殺者が、エディロンだけでなくシャルロットに危害を加えることを心配しているのだ。

シャルロットは結婚式当日に必ず死ぬ。確かに、その暗殺者に殺されることも大いに考えられる。

（でも——）

エディロンがこのあともずっと命を狙われ続けることのほうが嫌だと思った。シャルロットはぎゅっと拳を握ると、まっすぐにエディロンを見つめる。

「わたくし、自分の身を守るくらいはできますわ。それに、わたくしのことは陛下も守ってくださるのでしょう？」

シャルロットは一通りの護身術を身につけている。殺されそうになったときに抵抗できるように学んだのだ。

けれど何よりも、シャルロットはエディロンが必ず守ってくれると信じていた。

シャルロットがにこりと微笑むと、エディロンは驚いたように目を見開いた。そして、参ったと言いたげにふっと口元を緩める。

「ああそうだな。あなたのことは絶対に守る。……だが、万が一にも危険が迫ったら戦わずにすぐに逃げろ。わかったか？」

「わかっております」

シャルロットがこくりと頷くと、エディロンは「よしっ」と言って手を伸ばす。頭をぽんぽんと優しく撫でられた。

目を閉じると、まぶたにふんわりと筆が載せられる。

「シャルロット様、目を開けてくださいませ」

女性の声でゆっくりと目を開けると、シャルロットの顔を覗き込んでいた女性——この日のために呼んだ化粧師はにっこりと微笑む。

「とてもお綺麗でございます」

女性が体をずらすと、目の前に置かれた鏡が見えた。

陶器のように艶やかな白い肌、ほんのりとピンク色に色づいた頬、ぱっちりとした目、くるんと上がった睫毛。そして、全身を包むのはたくさんのレースがあしらわれた豪華な純白のドレス――。

そこに映っているのは間違いなくシャルロットなのに、まるで自分が自分でないような気すらした。

「すごいわ、ありがとう!」

シャルロットは鏡を覗き込んで歓声を上げる。普段あまり着飾ることがないので、目新しさもひとしおだ。

今日、シャルロットはダナース国の国王であるエディロンの妃となる。今はまさに、これから行われる結婚式の支度を行っているところなのだ。

シャルロットは下を向き、自分自身の姿を見る。レースのところどころには真珠が飾られており、一層の華やかさを添えている。

よくぞこの短期間でここまで仕上げてくれたものだと、仕立屋の面々には感謝しかない。

これまでの人生の中で、ウエディングドレスを着るのはもう何度目だろう。叶うことなら、これが最後のウエディングドレス姿でありたい。

(エディロン様、どんな反応をされるかしら?)

この姿を見せるのは楽しみなような、怖いような。願わくば、綺麗だと思ってほしい。

ノックする音がして振り返ると、ちょうどドアが開く。

――トン、トン、トン。

「準備は整ったか？」

そこから顔を覗かせたのは、エディロンその人だった。

「陛下！」

いつもの軍服とは違う黒のフロックコートを着ているエディロンは、息を呑むほど素敵だった。襟や袖口には金糸の刺繍が施され、煌びやかさに目を奪われる。

一度目の人生でも目にしたはずなのに、まるで初めて見るかのような新鮮さを感じた。

ほうっと見惚れていると、エディロンはシャルロットの前まで歩み寄り、シャルロットの頭から足先まで視線を移動させる。

（どうかしら……？）

シャルロットが結婚を渋っていたせいでドレスを一から作る時間がなく、このドレスは出来合いのものを加工したものだ。

仕立屋の努力の甲斐あって十分華やかではあるものの、一から特注で製作した一度目の人生で着たドレスに比べると華やかさに欠ける。どんな反応が返ってくるのかと、緊張する。

「とても綺麗だ」

エディロンがふっと口元を綻ばせる。

「俺が今までに出会った誰よりも美しい」

飾らない褒め言葉は、かえって心に響くものだ。シャルロットは微笑みを浮かべる。

「ありがとうございます。陛下も素敵です。その……見惚れてしまいました」

それを聞いたエディロンは瞠目し、ついで嬉しそうに破顔する。

「あなたに褒められるほど、嬉しいことはないな」

屈託のない笑顔に、胸の内にむずがゆさが広がる。

改めて、この人が好きだと思った。

「そろそろ時間だ。行こうか」

エディロンが片手を差し出したので、シャルロットも自分の手を差し出す。きゅっとその手を握ったエディロンは、まっすぐにシャルロットを見つめた。

「俺の妃になったことを決して後悔させないと誓う。必ず、幸せにする」

「……はい」

微笑んで頷くと、握られた手の甲にキスが落とされた。

ダナース国の王室の結婚式は、教会でひっそりと行われたのちに、大規模な結婚披露パーティーが開催される。そこには多くの諸外国の国賓も招待されていた。

「エディロン陛下、シャルロット妃、本日は誠におめでとうございます」

数え切れない祝福の言葉を受け、本当に自分は結婚したのだという実感が徐々に湧いてくる。

何人日かわからない来賓から声をかけられたとき、シャルロットは「あっ」と声を上げる。見覚えのある人物がいたのだ。

「ご結婚おめでとうございます。エディロン陛下、シャルロット王女……これは失礼。シャルロット妃」

そう言ってきたのは、エリス国からの参加者だった。確かエリス国で魔法庁の長官をしており、王妃のオハンナの腹心だったと記憶している。名前は……オリアン卿だったはずだ。

　年齢は四十歳程度、長身で痩せ型の男性で、青白い肌と対照的な黒髪と黒い瞳のせいかどことなく陰を感じてしまい、シャルロットは一度目の人生からずっと苦手だった人物だ。

　思い返せば、毎回エリス国からは結婚式の来賓としてこの人が来ていたような気がする。

「ありがとう」

　エディロンが返す。

「ありがとうございます。遠いところからの参加、嬉しく思います」

　シャルロットも無難な言葉を返す。

「こちらこそ、このような喜ばしい席に参加できて光栄です。両陛下もお喜びですよ」

　オリアン卿にそう言われ、シャルロットは曖昧に微笑み返す。

　これまでいないかのように扱ってきたくせに、急に手のひらを返したように祝福の言葉を贈ってくるなんて殊勝なことだと皮肉のひとつも言いたくなる。

　諸外国の来賓達からの祝福が終わると、今度は国内貴族からの祝福が始まった。

「おめでとうございます」

「ダナース国に幸ありますように」

次から次へと挨拶に来るその多くは建国二十周年の祝賀会でお会いしたことがある方達だ。

永遠に続くのではという挨拶がようやく終わった頃には、だいぶ夜が更けていた。

シャルロットの元に、女官長が寄ってくる。

「妃殿下。そろそろご準備のために――」

そう言われてエディロンに視線を向けると、エディロンは小さく頷き返してきた。

「ええ、わかったわ」

シャルロットは女官長に促されたとおりに部屋に戻ることにした。

今宵は結婚式の夜。

新王妃であるシャルロットには披露宴と同じくらい大事な役目が残っている。国王であるエディロンとの閨だ。

それは周知の事実であり、準備のために新王妃が先に披露宴会場をあとにするのは多くの国で見られる習慣でもあった。

(ここまでは上手くいっているわよね？)

シャルロットは披露宴会場から部屋に戻る途中、今日のことを振り返る。不手際はないはずだ。

「おや、シャルロット妃殿下」

考え事をしながら歩いていたシャルロットは突然話しかけられてハッとする。顔を上げると、廊下の前方から歩いて来るのはハールス卿だった。今日の結婚披露パーティーに参加しているのだろう。

「ご機嫌よう、ハールス卿」

「もうお戻りになるのですか？」

「そうしようと思います」

「さようですか。もう少しお話ししたいと考えておりましたが、残念です。また後日」

「ええ。また今度」

シャルロットは軽く会釈すると、また歩き出す。

（このやり取り、一度目の人生でもやった気がするわ）

結婚披露パーティーから部屋に戻る途中、ハールス卿と偶然会う。

一回目の人生と全く同じだ。

（でも、絶対に未来を変えてみせるわ）

今度こそ死なない。そして、エディロンと幸せになりたい。

シャルロットは決意を胸に、最後の舞台の場となる寝室へと向かった。

結婚披露パーティーを抜けて、ケイシーを始めとする侍女達にピカピカに体を磨かれたあと、シャルロットは寝室のベッドに腰かけていた。

壁際に置かれた振り子時計をちらりと見る。

(あと一時間半……)

シャルロットはこれまで、結婚すると必ずその日に死んだ。日付が変わるまで、あと一時間半。時計の音が自分の命のカウントダウンのように思えて、体が震えてくる。

いやが応でも緊張してくるのを止められない。

気持ちをどうにか落ち着かせようと座っている大きな天蓋付きベッドのシーツを指でなぞる。そして、自分が一度目の人生と全く同じ行動をしていることに気付いて苦笑した。

そんな中でも、一度目の人生と違うこともある。シャルロットがひとりきりではないことだ。

「シャルロット。大丈夫か？」

必死に震えを止めようと指を握り込んだとき、大きな腕に包み込まれた。

「やはり、今からでもシャルロットはこの部屋に残って、俺だけが隣の部屋に――」

「いえ、大丈夫です！」

シャルロットは大きく首を左右に振る。

それでは、一度目の人生と全くの同じ状況になってしまう。

ここは国王の寝室であり、入口はふたつある。

それぞれ、国王と王妃の部屋へと続く扉だ。しかし、どちらも堅牢な造りをしている上に特殊な構造の鍵を使っており、鍵を持たない第三者が開けることはほぼ不可能だという。

つまり、ここはダナース国の王宮の中でも最も侵入しにくい部屋のひとつなのだ。

だからこそエディロンは、自分だけが外の私室にいるからシャルロットは安全なこの部屋にいるようにと言ってきた。ちなみに王妃の私室にはセザールがいるので、そちらからの侵入も不可能だ。

ここは安全だ。

そうはわかっていても、今日だけはどうしてもひとりになりたくない。

「心配するな。シャルロットのことは、絶対に俺が守る」

エディロンはシャルロットを自分の膝に乗せると、しっかりと抱き寄せて安心させるように背中を撫でる。

「はい」

その温もりが心を落ち着かせてくれて、シャルロットもエディロンの胸に顔を寄せた。

（大丈夫。エディロン様はわたくしを殺したりしないし、守ってくださるわ）

そう自分に言い聞かせた。

「来るとすればそろそろだな……」

エディロンの小さな呟きが聞こえた。

ドキッと胸が跳ね、シャルロットはエディロンの存在を確かめるようにその服をぎゅっと握る。

セザールの情報では、今夜ここにエディロンの命を狙う者が現れる可能性がある。

そして、エディロンとシャルロットは敢えてその策略に気付かないふりをして刺客を誘い込むことを選んだ。つまり、いつ曲者が現れても不思議ではないのだ。

「陛下、絶対に死なないでくださいね」

シャルロットはエディロンの顔を見上げる。

自分が死ぬのも怖いけれど、エディロンが死ぬことはそれ以上に怖い。

「俺は死なない」

エディロンはシャルロットの顔に片手を添える。

「こんなに可愛い妃を得たのに、その妃を残して死ぬわけがないだろう」

その優しい眼差しを見て、余計に不安が募る。

エディロンは強い。それでも、嫌な想像が頭をよぎってしまう。エディロンが大切だからこそ、失う恐怖が大きかった。

なおも不安そうな表情をするシャルロットを見つめていたエディロンが片眉を上げる。

「ところでシャルロット。今、陛下と言ったか?」

「え? はい、言いました」

何か問題のあることを言っただろうかと考え、シャルロットは小首を傾げる。

「シャルロット。あなたは今日より、俺の妃だ。公式の場以外では『エディロン』と名前を」

「あ……」

シャルロットは一瞬口ごもる。

「エディロン様」

意を決してその名を呼び、エディロンを恐る恐る見上げる。

名前を呼ぶだけなのに、どうしてこんなに気恥ずかしいのだろう。ほんのりと頬が熱を帯びるのを感じる。

一方のエディロンは蕩けそうな眼差しをシャルロットへと向けた。

「あなたに名前を呼ばれるのは、嬉しいものだな。自分の名前が特別なものになった気がする」

「わたくしも、エディロン様の名前を呼ぶだけで胸がむずがゆいです……」

おずおずと告げると、エディロンは驚いたように目を見開く。

「参ったな。俺の妃は言うことなすことの全てが愛らしすぎる」

エディロンの顔が近づいてきたので目を閉じると、触れるだけのキスをされた。

エディロンは、はあっと息を吐く。

「本来であれば、ようやく今夜、あなたを存分に愛せると思っていたのだが――」

心底残念そうに、エディロンは呟く。

「残念でならないが、楽しみはとっておく」

「は、はいっ！」

意味を理解して、顔が真っ赤になってしまう。

今世でもやっぱりエディロンは今日の今日までシャルロットと一線を越えようとしなかった。その日が来るのを楽しみにしておくと言っているのだ。

また沈黙がふたりを包み、時計の音がカチ、カチと聞こえる。

そのとき、部屋の中に突如として白いものが現れた。シャルロットの使い魔である、白猫のルルだ。

「ルル！」

シャルロットは声を上げる。

今夜怪しい者がやって来るかもしれないと聞いたシャルロットは、ルルとハールに頼んでこの部屋の周辺を見回りしてもらっていた。ルルとハールは一見するとただの猫と小鳥だし、鍵が閉まっていても部屋に入ってこられるから。

ルルはぴょんとシャルロットの膝に飛び乗る。

「見回ってきたのね。どうだった？」

「うーん。この部屋の周辺には怪しい人はいなかったけど——」

「けど？」

シャルロットはルルに先を促す。

「庭園の奥で話し込んでいるふたりがいて、おかしいなって思ったわ」

「庭園の奥？」

「ええ。明かりもないのに、こそこそ話していたわ」

「それは、男女の戯れではないのか？」

エディロンが横から尋ねる。パーティーに男女の恋の駆け引きは付きものであり、意気投合したふたりが人目を忍んで庭園の奥へ行ったということも考えられる。

「それはないと思うわよ。ふたりとも男の人だったし、何かもののやり取りをしていたもの」

「もの？　何を？」

シャルロットは尋ねる。

「わからないわ。長細くって、黒かったわ」

「誰だかはわかる？」

「わからない」

ルルの返事を聞き、シャルロットは途方に暮れる。これでは、ほとんどなんの手がかりにもならない。とはいえ、シャルロットの願いを聞いて周囲を見回り報告してくれたルルを責めるのはお門違いだ。

「ルル、ありがとう」

シャルロットはルルの頭を撫でようと、手を伸ばす。その毛並みに触れた瞬間、ぞくっとした。おびただしい映像が頭の中に流れ込んできたのだ。

明かりがほとんどない夜の庭園に、ランタンを持った男がひとり。辺りは木々に囲まれて鬱蒼（うっそう）としている。その男に近づいてきたのは長身の男だ。ふたりとも、頭から黒いフードの付いたケープを被っている。

『誰にも見られていないか？』

『大丈夫だ』

『よし』

長身の男は周囲を警戒するように見回し、ランタンを持った男に黒い布で包まれた長細い何かを手渡していた。

『これがあれば本当に全部大丈夫なのか？』

『ああ、間違いない』

ランタンを持った男の問いかけに、長身の男が頷く。

生憎、ケープのせいで顔はしっかりと見えなかった。

『では、健闘を祈る』

ふたりの男はお互いに頷くと、何事もなかったように別々に立ち去っていった。

（えっ？　今のって……）

シャルロットはびっくりしてルルを見つめる。ルルは頭を撫でられて気持ちよさそうに喉を鳴らしていた。

「シャルロット。どうかしたのか？」

シャルロットの様子がおかしいことに気付いたエディロンが、心配そうに顔を覗き込んでくる。

「いえ、なんでもないです」

シャルロットは慌ててその場を取り繕う。けれど、内心はとても混乱していた。

（もしかして認知共有？　なんで⁉）

魔力が高い魔法使いは使い魔と意識を共有することができる。

例えば、使い魔が見聞きしたことを自分が体験したことのように記憶として取り入れたり、遠くにいる使い魔が見ている景色を一緒に見て会話をしたりできる。

それを一般的に、『認知共有』と言った。

しかし、それができるのはごく一部の魔力が強い人間に限られる。魔法が得意ではないシャルロットは当然、できない。

けれど、今のは間違いなく認知共有に思えた。ルルが見たという景色が鮮やかに脳内に映り込んだのだから。

（え？　どういうこと？）

そういえば、一度目の人生でも不思議なことがあった。

解錠の魔法が上手く使えないはずのシャルロットが、いとも簡単に寝室とエディロンの私室の鍵を開けられたのだ。

この寝室の鍵は特に厳重で特殊な構造になっている。普通の鍵すら上手く開けられないシャルロットに開けられるはずがないのだ。

（もしかして、わたくしの魔力が強くなっているの？）

理由はわからないけれど、そんな気がした。試しにハールを探そうと意識を集中させると、すぐに見覚えのある廊下が見えた。

（ここは、王宮の廊下ね）

美しい絵画が描かれた天井からシャンデリアがぶら下がり、円柱状の柱が等間隔に並んでいる。この廊下は王宮の内部にある国王のプライベートスペースへと繋がる廊下だ。そこを、黒いケープを被った男がいそいそと小走りで進んでいる。明らかに怪しいのに、周囲の警備を行う騎士達は気付いている様子がない。

「これ、明らかにおかしいわ……」

「シャルロット。何がおかしい？　一体どうしたんだ？」

様子がおかしいシャルロットに困惑したエディロンがまた問いかけてきた。

そのとき、エディロンの私室側のドアからカシャンと僅かな音がした。

ハッとしたシャルロットはまだ閉まっているその扉を見つめる。エディロンもその物音に気付いたようで、ベッドの脇に置いてある剣を握る。

――カタッ。

小さな物音と共に、鍵かかっていたはずの扉が開け放たれる。

「この部屋の鍵をいとも簡単に開けるとはな」

エディロンが舌打ちする。

それとほぼ同時に、剣を持った刺客が乱入してきた。

「エディロン様っ！」

シャルロットは咄嗟に叫ぶ。

「大丈夫だ」

エディロンはその剣を自分の剣で受け止める。すぐにふたりは剣の打ち合いになった。

（この人、強いわ！）

エディロンと互角に打ち合えるなんて、相当の剣の腕だ。

「誰か！」

シャルロットは助けを呼ぼうと大きな声で叫ぶ。けれど、廊下にいるはずの護衛の騎士達は一向にやって来ない。そもそも、護衛の騎士に警備されているはずのこの部屋に入ってこられた時点でおかしいのだ。

（なんとかしないとっ！）

シャルロットは部屋の中を見回し、唯一武器になりそうな大きな花瓶を手に取る。

「シャルロット、下がっていろ！」

シャルロットの動きに気付いたエディロンが叫ぶのとほぼ同時に、シャルロットはその花瓶を男に向かって投げつけていた。

花瓶を避ける男の剣がこちらへと向く。

（うそっ）

剣先が近づいてくるのがわかった。シャルロットは大きく目を見開く。

（刺される！）

六度目の人生も、やっぱりだめだった。今世では初夜に寝室に乱入してきた暗殺者に殺されるという新たなパターンだ。

目をぎゅっと瞑って痛みに耐えようとしたが、痛みの代わりに男の悲鳴が聞こえてきた。

「え？」

恐る恐る目を開けると、目の前には黒いケープの男が横たわっていた。エディロンが倒したのだ。

「大丈夫か、シャルロット！」

エディロンがシャルロットのほうへ駆け寄り、ぎゅっと抱きしめる。

「わたくしは大丈夫です。エディロン様のほうこそ——」

「俺はなんともない。あなたが花瓶で加勢するという無茶をしたお陰で相手に隙ができた。礼を言おう」

エディロンに優しく背中を摩られて、ほっとする。少しは役に立つことができて嬉しい。

「それにしても、この男は──」

死んでしまったのだろうか？　絨毯に染み込む血だまりを見て震えていると、また背中を優しく摩られる。

「大丈夫だ。加減してある。殺してしまっては自白が得られなくなってしまうからな。とはいえ、治療してやらないと危ないかもしれない」

エディロンは自分の剣先で、すっぽりと男の体を覆っているケープを捲る。ようやくはっきりと見えたその顔を見て、シャルロットは息を呑んだ。

「この人……」

「ハールス伯爵か」

エディロンがチッと舌打ちする。このめでたい日に国内貴族からこのような事件を起こす者が現れたことに、苛立ちを感じているのだろう。

驚きと同時に、シャルロットは疑問を覚える。

「どうしてハールス卿がこれほどまでの剣を──」

先ほどの剣捌きはエディロンとほぼ互角に見えた。現役の騎士と遜色ないほどの剣の使い手であるエディロンと、小太りの貴族であるハールス卿が同じ腕前であるとは考えにくい。

「ねえ、シャルロット。これ見て！」

ルルの叫び声が聞こえた。

そちらを向いたシャルロットの目に、床に転がっているハールス卿が使っていた剣が入る。剣の柄の部分に、丸い紋章が描かれていることに気付いた。

「これって……」

円形の中に三角形と小さな文字が描かれたその紋様に、シャルロットは見覚えがある。ものに魔法の力を与えるための魔法陣だ。

（嘘でしょう？）

嫌な予感がした。

シャルロットは居ても立ってもいられずに寝室を飛び出し、エディロンの部屋から廊下へと繋がるドアを開ける。

「やっぱり……」

寝ている。護衛をしていたはずの騎士達が、全員眠りこけている。

シャルロットは少し屈んで騎士の顔を覗き込んでみたが、眠っているだけで息はしているようだ。

「これは魔法か？」

追いかけて来たエディロンに、背後から話しかけられる。

「ええ、間違いなく」

魔力の残痕を微かに感じる。

ハールス卿はダナース国の人間で、魔法は使えないはずだ。

そして、ものに魔法の力を付与してここまでの影響力を与えられる魔法使いなど、エリス国ですらごく僅かしかいないはずだ。

——それこそ、王宮お抱えの魔法使いくらいに。

（もしかして、エリス国が裏で糸を引いているの？）

サーッと血の気が引く。

エディロンが震えるシャルロットの肩を抱き寄せる。

「大丈夫だ。まずはこの後処理をしないとだな」

そして、はっきりとこう言うのが聞こえた。

「彼らにはきっちりと説明してもらおう。エリス国のドブネズミが」

異常を知らせる鐘の音に、ようやく警備の騎士達が駆け付ける。エディロンが彼らに指示を出し、ハールス卿が運び出されてゆく。シャルロットはその様子を呆然と見送った。

――ゴーン、ゴーン、……。

ときを知らせる鐘が鳴る。

日付が変わった。

シャルロットはハッとして窓の外を見る。

この部屋の窓からときを知らせる時計塔の鐘が見えるわけではないのだけれど、そうせずにはいられなかったのだ。

「わたくし、生きている？」

自分の両手を呆然と見つめる。シャルロットの意志に合わせて、その指先は動く。

「生きているわ！」

信じられない。絶対に生き残ると思っていたけれど、本当に生き残れるなんて！

「わたくし、生きているわ！」

もう一度、自分に言い聞かせるようにそう言った。

この喜びを全世界に叫びたいほどだ。

「よかったな。六回もかかるなんて、要領の悪さに驚いたぞ」

「ええ、ありがとう！」

そう答えて、シャルロットははたと動きを止める。

（あら？ 今のは誰の声かしら？）

エディロンの声ではなかった。彼は部下達に指示を出すために先ほど部屋を出て、ここにいないのだから。シャルロットはきょろきょろと辺りを見回す。

「俺だ。こっちだ」

「こっち？」

くるりと振り返り、そこにいるものを見て目を丸くする。

「え？ ガル⁉」

それは紛れもなくガルだった。ただ、体が急に成長したような。

ガルは体長十五センチくらいの小さな羽根つきトカゲだったのに、今は五十センチくらいありそうに見える。

「どうして急に成長したの？ それに、喋っているわ！」

シャルロットは驚いてガルに問いかける。

「それはお前にかけられていた魔法が解けて、神力の制限が外れたからだ」

「魔法が解けて？　神力って何？」

「神力は神力だ。お前達は魔力とも呼んでいる」

「魔法が解けて、神力の制限が外れた？」

色々と言っていることがよくわからない。ガルが言う『神力』はシャルロットの言う『魔力』のことで、シャルロットのそれは魔法により制限されていた？

「ガルは羽根つきトカゲではないの？」

「違う。神竜だ」

「神竜⁉」

シャルロットは驚いて素っ頓狂な声を上げ、慌てて自分の口を両手で押さえる。

「ガルが神竜ってどういうこと？　もしかして、リロも？」

「どういうことも何も、言ったとおりだ。もちろん、あいつもだ」

あいつとはリロのことだろう。

シャルロットは呆然としてガルを見つめる。

エリス国には古くから伝わる神話がある。

エリス国の初代国王は神に愛され、故に魔法の力を授かった。神は特に寵愛する王族に神使を遣わせ、特別な祝福を授けると。

そして、神使は多くの場合竜の姿をしているという。

「どうして羽根つきトカゲの格好なんてしていたの⁉」

「だからそれは、お前の神力が魔法で制限されていたからだと言っているだろうが！」

ガルが苛立ったようにシャルロットに言う。

話して初めて知ったが、ガルは意外と怒りん坊のようだ。

ガルによると生まれたての神竜が育つためには加護を与える相手の神力が必要で、それをもらえないと成長できず、加護はしっかりと発揮されないらしい。ところが、シャルロットの神力は魔法で制限されており、それをもらうことができなかったのだとか。

しかし、神力を制限していたその魔法が遂に解けたのだという。

（あ、ということは……）

先ほど急に使い魔のルルやハールと認知共有できるようになったのも、魔力もとい神力の制限が外れたから？

「でも、制限って一体誰がそんな魔法を？」

（まさか、国王陛下や王妃様が？）

シャルロットはぎゅっと手を握る。

「かけられた魔法の神力はお前の神力に似ている。母親だろうな」

「お母様が？」

シャルロットは驚いてガルに聞き返す。

（どうしてお母様が……）

そこまで考えて、ハッとした。

シャルロットとジョセフが辛い境遇ながらも生きていられたのは、魔法が上手く使えない出来損ないだったからだ。取るに足らない相手と思われて、殺されずに済んだ。

（お母様、もしかしてわたくし達を案じてわざと？）

そう考えれば、辻褄（つじつま）が合う。

今日、シャルロットはエディロンと結婚してダナース国の王妃となった。つまり、祖国の人間がシャルロットが魔法を使えることを脅威に感じて害したり政治利用したりしようにも、もはや簡単にはできないのだ。

（魔力を制限しておく必要がなくなったから、お母様の魔法が解けたのね）

もうずっと昔に亡くなった母のことを思い、目頭が熱くなる。それと同時に、先ほど聞いたエディロンの言葉が脳裏に甦った。

『エリス国のドブネズミが』

一度目の人生で、シャルロットに向けられた言葉だ。

そして、エディロンがしきりに言っていた『どうして自分がシャルロットを殺したのかがわからない。間違いではないか？』という言葉も。

(間違い……。もしかして、間違えたの？)

あの日は今日と同じ初夜。

昨日セザールがシャルロットの存在を気にして言いよどんだ様子といい、今日のエディロンの様子といい、おそらくエディロンはこの事件になんらかの形でエリス国が関わっている事実を知っていた。

一度目の人生、決して部屋を出るなと言われていたシャルロットはその言付けを破って部屋を出た。そして、物陰に隠れているところを殺された。

今考えるとエディロンはシャルロットが鍵を開けることを予想できないし、ましてやあの状況ではそこに隠れている人物がシャルロットだとはっきり確認できなかったはずだ。

(なんてこと……)

六回も繰り返してようやく気付いた事実に、シャルロットは呆然とする。

（エディロン様、わたくしを蔑んで殺したのではなかったのね）

また目頭が熱くなるのを感じた。

その晩のダナース国の王宮は、上を下への大騒ぎだった。

なにせ、国王の成婚という国を挙げての祝いの日に、その国王の暗殺未遂という国を揺るがす大事件が起きたのだから。

当然のことながら、エディロンはその対応にかかりきりになった。

そのため、すぐ近くにいるにもかかわらずシャルロットは結婚式のあとから彼に会うことすらできなかった。

そんな中、エディロンがようやくシャルロットに会いに来てくれたのは結婚式の日から一週間ほど経ってからだ。

「では、やはり黒幕はエリス国の人間なのですか？」

シャルロットは震えそうになる声を必死に抑え、冷静になろうと努める。

「ああ、間違いない。あんな奴でも命は惜しかったようで、ハールス卿が全て自白した。結婚式の日に使われた剣も残っている」

エディロンは頷く。

「一体誰が？」

「ハールス卿は、オハンナ妃だと」

「なんてこと……」

シャルロットはやるせなさを感じてぎゅっと手を握る。

ことの真相は、シャルロットの想像を超えていた。

国によって王制の規則は様々だが、ダナース国では世継ぎがいない国王が崩御するとその王位継承権は一時的に王妃の預かりとなる。

ダナース国の国王であるエディロンとシャルロットが結婚すれば、シャルロットはダナース国の王妃となる。つまり、その状態でエディロンが死ねば、王位継承権はシャルロットが一時的に持つことになるのだ。

そして、それこそが彼らの狙いだった。

結婚式を終わらせたあとにエディロンを暗殺してしまえば、シャルロットが次に結婚した相手が国王となる。

ハールス卿はエディロンの、平民を重用する政策に大きな不満を持っており、オハンナはそれを利用しようとした。エディロンを殺す手助けをして彼を次の国王にする見返りに、ダナース国の領地の一部をエリス国へ。そうすれば、息子により広大な国土を与えられるから。

（だから毎回、他国に嫁ぐ度に手のひらを返したように手紙を送ってくるようになったのね）

思い返せば、シャルロットが嫁いだ国々はどこも同じような王位継承の制度を有していた。

オハンナの腹黒さを垣間見て、恐ろしさのあまりに身震いする。

まさか自分の義母がこんな恐ろしいことを企んでいたなんて。

「流石に今回の件は看過できない。正式に抗議しに行く」

エディロンはきっぱりとそう言う。シャルロットはハッとして顔を上げる。

「わたくしも……、わたくしもエリス国に連れて行ってください」

「シャルロットも？　しかし、あそこはあなたにとって辛い思い出も多いのではないか？」

エディロンは眉を顰める。

エディロンが婚約期間中にシャルロットについて色々と調べていたことはシャルロットも聞いていた。きっと、その過程で祖国でのシャルロットの境遇も知っているのだろう。

「いいえ、大丈夫です。それに、これはわたくしの祖国が起こした問題です。わたくしは、その結末をしっかりとこの目で見届けなければなりません」

「……わかった。一緒に行こう」

エディロンはシャルロットの決心を悟ったようだ。

「ありがとうございます」

シャルロットはぎゅっと両手の拳を握る。

エリス国にはまだ弟のジョセフがいる。

全ての問題をしっかりと解決しなければならない。

およそ一年ぶりに訪れるエリス国。シャルロットは、たくさんの尖塔がそびえる王宮を見上げる。

レスカンテ国時代の名残を残すダナース国の王宮は豪華絢爛だが、エリス国の王宮も負けず劣らず煌びやかな場所だ。

ただ、記憶に残るほとんどの期間を質素な離宮で育ったシャルロットにとって、王宮はあまり馴染みがない。吊り下がるシャンデリアや上質な絨毯が敷かれた廊下の景色を見ても、さして懐かしさは感じなかった。

そんな景色を眺めながら辿り着いた王宮の中央部に位置する謁見室。

ピリッとした空気の中、エディロンの怒りを孕んだ声が響いた。

「ふざけるのもいい加減にしていただきたい。こちらは危うく殺されかけたのですよ」

「ですから、仰る意味がわかりませんわ。なぜわたくし達がそのようなことを？」

「自国の領土をより広大にしたいからでしょう？」

「まあ、おほほ。面白い想像ですわ」

優雅に扇を揺らして笑うのは、エリス国王妃のオハンナだ。

その隣にはシャルロットの父でもあるエリス国王、背後には魔法庁の長官であるオリアン卿や、リゼット王女とフリード王子が控えている。

「エディロン陛下。言いたいことはわかったが、証拠もなしにそのような言いがかりを付けられては困る。せっかく友好の証に娘を嫁がせたというのに、これは酷い侮辱だ」

黙ってエディロンとオハンナのやり取りを聞いていたエリス国王は、ようやく口を開いたかと思うとエディロンに抗議をする。それを聞いて、エディロンはギリッと歯ぎしりをした。

（どこまでもしらばっくれる気か）

状況証拠は揃っているし、ハールス伯爵の証言も取った。これはオハンナが仕組んだことで間違いないのだ。

「すぐに謝罪してそれ相応の償いをしていただけると思っていたのに、残念です。証拠なら、ここにあります」

エディロンはおもむろに黒い布に包まれた長細いものを出す。その布を開けると、中から出てきたのは長剣だ。

謝罪の言葉がすぐに出るならば、この剣をここで出すつもりはなかった。しかし、向こうがそのつもりならこちらも強硬姿勢を取らざるを得ない。

「これは、エリス国の剣ではありませんか？　そして、ここに付いている紋様は剣になんらかの魔法の力を与える魔法陣だとシャルロットが証言しています」

エディロンは剣の柄に描かれている丸い紋様を指さす。その紋様を見て、エリス国王は眉を顰めた。

「確かに、それは魔法陣だ。我が国でも描ける者はほとんどいない。なぜそんなものをエディロン陛下が？」

「俺を暗殺しようとした刺客が持っていたからです」

「どういうことだ？」

エリス国王が斜め後ろにいるオリアン卿を見やる。

この魔法陣は非常に高度な技術と莫大な魔力を要するので、作れる者は限られる。それこそ、エリス国の中でも魔法庁の者くらいしかいないのだ。

一方のオリアン卿は沈痛な面持ちでエリス国王を見返した。

「いかにも、あれは私が作成したものです。今私は、エディロン陛下の証言を聞き、とても驚いています。なぜなら、あれはシャルロット様のためにお作りしたものですので」

「なんですって⁉」

シャルロットは驚いて大きな声を上げる。

「実は、かねてよりオハンナ妃よりご相談を受けておりました。シャルロット様がエディロン陛下に嫁ぐのをとても嫌がっていると。そのご相談を受けて、私があの剣を作りました」

「そのとおりです。こんなお話はお恥ずかしい限りなので今まで黙っておりましたが、シャルロットはエディロン陛下との結婚を嫌がっておりました。しかし、わたくしは母親として、シャルロットに王女としての務めをしっかりと果たすようにと諭したのです」

オハンナもオリアン卿の話に同調するように説明する。

「しかし、わたくしは王妃である一方で、この子の親です。意に添わない結婚で一生苦しい思いをさせるのはとても辛いですわ。ですから、もしも本当に耐えられなくなったときにはこれを使いなさいとこの剣を送りました」

「なんですって？」

あまりに予想外の筋書きに、シャルロットは唖然とした。

耐えられなくなったら使えとは、即ち自分の命を自分で絶つようにという意味だろう。もちろんシャルロットはオハンナから剣など受け取っていないし、この話の全てが初耳だ。

つまり、話の一から十までが全て大嘘なのだ。

「それなのに、まさかそれを他人に渡してエディロン陛下を亡き者にしようとするなんて――」

オハンナは顔を俯かせ扇で隠す。

（この人、何言っているの？）

開いた口が塞がらないとはまさにこのことだ。

証拠が出てきたら、今度はシャルロットを犯人に仕立て上げようとするなんて。

「大嘘だわ。そんな剣が送られてきたことがないことくらい、わたくしの侍女に確認すればすぐにわかります」

シャルロットははっきりとふたりの証言を否定した。しかし、オハンナは首を横に振る。

「この剣は使い魔を使って届けました。それに、侍女は主が命じればそれに従います」

それを聞いていたエリス国王がふむと頷く。

「確かに、シャルロットはこの結婚をとても嫌がっていたな」

「なっ！」

シャルロットは目を大きく見開き、エリス国王を見つめた。

（あくまでも邪魔者はわたくしなのね……）

エリス国王の態度からは、シャルロットを悪者に仕立て上げてこの場をなんとか収めたいという意図が透けて見えた。

自分の父親に、心底がっかりした。

エリス国王は王妃がシャルロットとジョセフを冷遇していると知っていた。それなのに、こんな作り話に乗るなんて——。

王妃が隣国の国王を暗殺しようとしたと明らかになれば大変な問題になるから、シャルロットに全ての罪を被らせて穏便にことを済ませたいのだろう。

——全ては愚かなシャルロットの独断である。

そう言いたいのだ。

「ふざけるなっ！」

エディロンの怒声が響く。

「隣国の王族だと思って丁寧に接していたが、我慢ならない。シャルロットは既に俺の妃で、ダナース国の王妃だ。あなた達は本当に彼女の親なのか⁉」

その言葉からは、激しい怒りが感じられた。

そのとき、沈黙を貫いていたリゼットがため息交じりにぼそっと呟く。

「思いどおりにならないからって怒鳴るなんて、本当に野蛮だわ。お姉様といい、エディロン陛下といい、血筋の卑しさはその身に表れるのね」

「リゼット！」

なんて失礼なことを。

驚いたシャルロットはその発言を止めようとする。

「だって、本当のことだわ」

リゼットはシャルロットに諭されて不愉快げに眉を顰める。

「現に、平民の血が混じるお姉様は王女なのに全然魔法を使えない、落ちこぼれじゃない」

その言い方には、明らかな嘲笑が混じっていた。

エリス国では魔力の強さは神からの寵愛の深さを表すとされている。

リゼットは、魔力がほとんどなくずっと魔法を上手く使えなかったシャルロットは神から見放されていると言いたいのだ。

そのときだ。

「なんだと？　娘、今なんと言った？」

地を這うような低く怒りに満ちた声が聞こえた。

「今の声はなんだ？」

突然の第三者の声に、その場にいる面々が辺りを見回す。

次の瞬間、シャルロットの背後に閃光が走り、辺りに突風が吹いた。

「これは……」

エリス国王が驚愕の表情を見せる。そこには、身長の倍ほどもある銀色の竜がいた。

「ガル⁉」

シャルロットも驚いて素っ頓狂な声を上げる。ガルはダナース国に置いてきたはずなのに。

「俺を誰だと思っている。一瞬でここに来ることなど、朝飯前だ」

心を読んだかのように、ガルが不機嫌そうな声を上げる。

やっぱり今日も怒りん坊のようだ。

「神竜だ。神竜が現れたぞ！」

一方、興奮したようにそう叫んだのは魔法庁の長官であるオリアン卿だった。

魔法庁に属する者は魔法のみならず、古くからの言い伝えである神使についての知見も有しているのだ。

「神竜だと⁉」

「神竜ですって？」

エリス国王とオハンナがほぼ同時に叫ぶ。

神からの遣いである神竜が現れるのは、その寵愛の証とされる。神竜の加護を得たエリス国の王族は国を繁栄に導くと信じられてきた。

「もしや、私に？」

エリス国王が玉座から興奮気味に立ち上がる。

「ふざけるな」

ガルが低く唸る。

エリス国王はぐっと押し黙り、また元通り玉座に腰かける。

「では、王子であるフリードですわね。あなた様のような美しい神竜が加護を与えるに相応しいわ」

興奮から頬を紅潮させたオハンナは、ガルを見て怖がる息子——フリードの両肩を抱いてガルの前に押し出そうとする。すると、ガルはオハンナを一瞥して首を振った。

「我々が加護を与えるのはエリス国の王族のみだ。その者は、該当しない」

（え？）

シャルロットはガルの横顔を見上げる。フリードはシャルロットの腹違いの弟であり、エリス国の国王と王妃の子供だ。それなのに該当しない？

一方のオハンナは一瞬呆気にとられたような顔をしたが、すぐに怒りで顔を赤くした。

「なんですって！　この子はエリス国の王子です！」

「いや、違うな」

ガルはフリードのほうに鼻を寄せて、首を横に振る。

「どういう意味だ？」

エリス国王が困惑の表情で、ガルを見つめる。

「その子供はエリス国の王族の血を引いていない」

（なんですって？）

シャルロットは驚いて目を見開く。

（……王妃様の不義の子供っていうこと？）

シャルロットは今の今までフリードの父親だと思っていたエリス国王を見る。フリードは黒い髪に黒い瞳をしており、父親であるエリス国王とも同じだ。

「なんという無礼な発言を！　酷い侮辱ですわ！　ならば、魔法のない異国から嫁いだわたくしが産んだこの子達が魔法を上手く使いこなせることを、どう説明するおつもり？　エリス国の王家の血を引いている証拠ですわ！」

憤慨したオハンナが叫ぶ。

「悪いが、それはなんの証拠にもならん。髪や目の色、魔法の力は父親から遺伝しただけだろう」

つまらなそうにそう言ったガルはオハンナの背後に視線を移動させる。

その先には、オリアン卿がいた。

（もしかして、フリードは王妃様とオリアン卿の子供？）

シャルロットは驚いたが、同時にすんなりと腑に落ちた。

オリアン卿はエリス国王と同じく黒い髪に黒い瞳をしており、魔法庁の長官になるほど魔力が強い。そしてずっと王妃の近くに仕えてきて、王妃同様にシャルロットに冷たかった。

「それと、先ほど聞き捨てならないことを言ったそこの着飾った娘もエリス国の王族ではない。シャルロットの神力はお前などよりずっと多い。勘違いも甚だしい」

ガルがリゼットのほうを鼻先で指す。

「なんですって？　嘘よ！　嘘だわ！　お父様、この生き物はでたらめを言っております。神竜ではなく魔竜だわ」

リゼットが立ち上がって叫ぶ。

すると、地を揺らすような雄叫びが部屋の中に響き渡った。

「娘。俺が偽りを言っていると侮辱するか」

怒りを孕んだ低い声に、リゼットは「ひっ！」と悲鳴を上げる。そのまま腰を抜かし、その場にへたり込んだ。

「しかし、どういうことだ？　神使は王位継承権を持つ王族に遣わされるものでは——」

混乱する状況に青くなったエリス国王がぶつぶつと呟く。

「ああ、そうだ。だが、そいつには俺以外が遣わされたから、俺はこいつに付いた」

ガルは斜め後ろにちらりと視線を投げる。バチッとシャルロットと目が合った。

（今わたくし、ガルから『こいつ』って呼ばれた⁉）

怒りん坊な上にこんな口が悪い子だったなんて。唖然とするシャルロットを無視して、ガルは続ける。

「そうしないと、心配で居ても立ってもいられないだろうから。こいつは驚くほど要領が悪いからな」

「心配で居ても立ってもいられない？　一体誰の話をしているんだ」

エリス国王は益々混乱した様子だ。

「それは、僕ですよ」

背後にある謁見室の扉が開かれ、懐かしい声がした。

(え？　この声って……)

シャルロットは振り返る。

「ジョセフ！」

そこには、一年ぶりに会う弟の姿があった。

少し背が伸びて精悍になったように見える。そして、その背後にはガルと同じくらい、いや、それ以上に大きく神々しい神竜がいた。

「エディロン陛下と相談してタイミングを見計らって登場したつもりだけれど、なんだかすごいことになっているね」

カツカツと謁見室に入ってきたジョセフは周囲を見回し、肩を竦める。

(エディロン様と相談して？　いつの間に⁉)

シャルロットは横にいるエディロンを見る。シャルロットの視線に気付いたエディロンは器用に片眉を上げた。

本当に今日は知らないことだらけだ。

「王妃様は姉さんの結婚式に便乗してエディロン陛下を殺し、ダナース国の領地を我がものにしようとした。それを抗議に来たエディロン陛下と姉さんと一緒に神竜まで現れて大騒ぎ。こういうことで合ってる？」

「合っているな」

エディロンが頷く。

「間違っているわ！」

王妃のオハンナが叫ぶ。

「そもそも最初から間違っているわ。その剣はシャルロットがエディロン陛下との結婚が嫌だと泣くので親心で贈ったものです。全てその子が仕組んだのよ！」

興奮気味に捲し立てたオハンナはシャルロットを睨み付ける。

それを聞いたジョセフは目を眇めた。

「僕があなたの言うことを信じると？」

「真実よ。あなたは親の言うことが信じられないと？」

「親ね……。笑わせる。僕があなたに何回殺されたと？」

ジョセフはフッと黒い笑みを浮かべる。

「五回だ。まあ、正確に言うと四回目と五回目はわかっていてそれを受け入れたんだけどさ」

（五回、殺された？）

胸がドクンと跳ねる。

ジョセフはシャルロットと同じく今が六度目の人生だ。つまり過去に五回死んでいるはずだが、その死に方を教えてもらったことは一度もない。話題にしようとするといつも曖昧にはぐらかされたので、思い出したくない記憶なのだろうと思い、踏み込むのはやめたのだ。

（もしかして、ジョセフは過去の人生で、毎回王妃様に殺されていたの？）

シャルロットはジョセフを見つめる。

「あなた、何を言っているの？」

一方のオハンナは眉を顰めてジョセフを見返す。

「まあ、まだやっていないことを言われてもわかりませんよね」

ジョセフはにこっと微笑んだ。

「でも、放っておけば今回も必ずやる。あなたが正統な王位継承者を生かしておくはずがない。――つまり、僕はあなたを全く信用していないと言っているんです」

ジョセフは背後を振り返ると、そこにいる兵士に命じる。

「この者達を捕らえて、部屋に連れて行け。命じるまでは出すな」

「なっ！」

オハンナは怒りに体を小刻みに震わせた。

「なんの権限があってそのようなことを！」

「なんの権限？　国王の権限です。仮にもエリス国の王妃なら憲法ぐらいよく読んでおいてください。エリス国憲法第八条には神使についてのことが定められています。その第三項に『神使による加護を得た王位継承者が現れた場合、可及的速やかにその者が王位を継承する』とある。つまり、僕がエリス国の国王だ」

ジョセフは右手を自分自身の胸に当てる。オハンナの目が大きく見開いた。

「嘘よ。嘘だわ！」

「嘘ではありませんよ。連れて行け」

どうすればいいのか戸惑っていた近衛騎士達は、そこでようやく自分達が仕えるべき王が誰なのかを悟ったようで、オハンナを取り押さえる。

「無礼者！　お母様を離しなさい！　許さないわよ！」

わめき散らすリゼット達も次々と謁見室から連れ出された。

最後に残ったのはエリス国王だ。

「ジョセフ！　一体どういうつもりだ」

エリス国王は憤慨し、声を荒らげる。

「どういうつもり？　そのままですよ。王妃の傀儡でしかない国王など、不要です」

ジョセフは両方の口の端を上げて朗らかに微笑むと、エリス国王を見つめた。

「どうですか？　見捨てた女と子供に王位を剥奪された気分は？」

エリス国王の目が大きく見開かれた。

◆九、それぞれの未来

驚きの事件から半年ほどが過ぎたこの日、シャルロットは再び祖国の地を踏んでいた。弟のジョセフの戴冠式に招待されたのだ。

あの日以降、既にエリス国の実質的な国王はジョセフとなっていたのだが、今日の戴冠式を以て対外的にも正式な国王となる。

式典の開始までに少し時間があったので、シャルロットはジョセフの許可をもらって懐かしい場所を訪れた。

「ここが、シャルロットが過ごした場所か？」

「ええ、そうです」

シャルロットは頷く。エディロンは初めて訪れるその離宮を興味深げに眺めていた。

シャルロットは何気なく部屋の扉に触れる。その扉はギギギッと音を立てた。

（この音、懐かしい）

ガタガタと揺れる窓ガラスも、閉めても隙間風が入ってくるドアも、立て付けが悪くて閉まらないクローゼットも、今となってはいい思い出だ。

キッチンに立つと、ご飯が足りなくてジョセフと肩を寄せ合って王宮の庭園で集めたものを調理していた思い出が甦る。

「確かにここで育てば、あの離宮の部屋は快適だろうな」

「おわかりいただけました？」

シャルロットは背後を振り返るとにこりと微笑む。

エディロンの言うとおり、ダナース国に行ってから案内されたあの離宮の部屋はここに比べれば天国のように快適だった。

必要なものは揃っているし、ドアや戸棚は問題なく開閉できるし、ご飯はきちんと出てくるし、寒くないし！

「ここで六回も子供時代を過ごしたのか」

「はい。本当に、わたくしが遠回りしたせいでジョセフには悪いことをしてしまいました」

シャルロットは肩を落とす。

あのあとジョセフに教えてもらったのだけれど、ジョセフは四度目の人生で既に自分自身の死を回避する方法――即ちリロが神竜であり、自分自身はエリス国の国王になるという道に気付いていたという。

それなのにさらに二回も無駄死にを繰り返したのは、全てシャルロットのためだった。

過去の経験から、ジョセフは自分とシャルロットのふたり共が死なないとループが発生しないことに気付いていた。そのため、非業の死を遂げたシャルロットにもう一度人生をやり直させるために、罠とわかっていながら王妃の策略にかかり、結果として自ら死を選んだ。

『ごめんなさい……』

それを聞いたとき、その言葉しか出てこなかった。

『気にしないでよ。ふたり揃って幸せになろうって、約束していただろう？』

ジョセフは屈託なく笑う。

『だけど、あまりにも遠回りがすぎるから今回だけは少しだけ魔法を使わせてもらったよ。姉さんが望む道に進めるようにって』

『魔法？』

（あ、もしかして）

エディロンとの結婚を父に命じられた日のことを思い出す。シャルロットが修道女になろうと頼みに行こうとしていたところを、呼び止められて上手くいくようにとおまじないをかけられた。

（あのときから、全てが始まっていたのね）

シャルロットはあのときにジョセフに触れられたおでこに手を当てる。

いつもそっと自分を見守ってくれていた弟に、心から感謝したのだった。

「それにしても、エディロン様とジョセフが通じていたのには驚きました」

シャルロットは二階の窓から外を眺めていたエディロンに話しかける。エディロンはシャルロットのほうを振り返る。

「エリス国の者が裏で糸を引いていると気付いたとき、誰かしらの味方が必要だと思ったんだ。誰が適任かと考えて、あなたからよく名前を聞いていたジョセフ殿なら必ずや味方になってくれるだろうと考えた」

「びっくりしましたわ」

「それは悪かった」

エディロンは苦笑いする。

シャルロットにとって、ジョセフが前エリス国王を追放したときの出来事は本当に衝撃的だった。全く自分の知らないところで、エディロンとジョセフがあんなことを計画していただなんて。

あのあと、エリス国王は王位を降り、エリス国王はジョセフになった。

傍らに神竜を連れた新国王の姿は、国民を熱狂させた。

多くの国民は、あの日王宮の奥であったことなど露ほども知らない。

ただ単に『第一王子が竜の姿をした神使によって加護を受けたため、国王が交代した』と思っているだろう。

王座を退いた途端、前国王の周囲の人間はまるで最初から何も関係などなかったかのように彼の下から去って行った。いつも面倒事を避けその場凌ぎのいい加減な対応をとり続けていたせいで、とっくに人望などなくなっていたのだ。今は孤独な生活を送っていると聞く。

そして、今回の首謀者であるオハンナは元々隣国の王女であったために外交問題などへの影響を考慮して、片田舎にある離宮へと幽閉されている。彼女の子供達も一緒だと聞いた。

オリアン卿は魔法の剣を作って王妃に加担した罪で魔法庁の長官の地位を失い、長い服役期間はまだ始まったばかりだ。

エディロンは再び窓の外へと視線を移した。

「ここからでは、何も面白い景色は見えないのではないですか？」

シャルロットもエディロンの横に行き、景色を眺める。生い茂る木々の葉の隙間から見えるのは王宮の豪奢な外観だ。

「いや、そんなことはない。とても興味深く思っている」

「そうですか？」

「そうだとも。シャルロットのことは、なんだって知りたい。例えば、どんな子供だったのか、どんな景色を眺めていたのか、どんなものを食べていたのか――」

「いつも俯いて、陰気な姫君として過ごしていましたわ」

シャルロットはくすくすと笑う。

「それは非常にいい作戦だった。お陰で俺が求婚するまで、どこの誰にも言い寄られずに済んだからな」

エディロンはシャルロットを見つめて口角を上げる。

「だが本当は違う。知れば知るほど、俺を魅了してやまない。当時からさぞ愛らしい姫君だったのだろうな」

甘く微笑まれて、頬が紅潮するのがわかった。エディロンは元々シャルロットに甘い言葉を囁く傾向があったが、最近はその傾向が強まっている気がする。

「そんなことは……。普通の子供です」

「本当に？」

エディロンに顔を覗き込まれる。

「こうしてサクランボのように頬が赤くなるところも可愛いな」

「エディロン様。あまり揶揄わないでくださいませ！」

照れを隠したくてシャルロットはエディロンの胸を軽く叩こうとしたが、その手は呆気なくエディロンの手に掴まってしまった。

「揶揄ってなどいない。俺はいつだって、あなたに対して本気だ」

「……もうっ！」

エディロンはシャルロットを愛おしげに見つめると、体を屈ませる。

与えられたのは、蕩けるような甘いキスだった。

戴冠式はそれはそれは素晴らしいものだった。

式典の会場では魔法による祝福の花と光が舞い、宝石のちりばめられた王冠を被ったジョセフの後ろには神々しい神竜が寄り添っていた。

「エリス国王、万歳！　エリス国に益々の繁栄あれ！」

どこからともなく祝福の声が上がり、それはすぐに会場全体に大きなうねりを起こす。神使の加護を得た国王が誕生するのはおよそ百年ぶりで、国民の喜びもひとしおだった。

シャルロットは精一杯の拍手を送り、弟の新たな門出を祝福する。

「とてもよい式典だったな」

式典後の祝賀パーティーで、一息ついたシャルロットと一緒にテラスに出たエディロンが言う。

「ええ、本当に。弟のあんな立派な姿を見られる日が来るなんて、思ってもみませんでした」

シャルロットも先ほどの光景を思い出し、感慨深く頷く。

「リロもとても神々しくて、皆さん見惚れておりましたね。本当に素晴らしかったわ」

エリス国に神使の言い伝えを知らぬ人間はいないが、実際にその神使を目にしたことがある人はいない。それだけに、人々もより一層興奮していた。

「まああだったな。だが、神々しさで言えば俺のほうが上だ」

テラスの手摺りにちょこんといる羽根つきトカゲが偉そうにそう宣（のたま）う。

「まあ、ガルったら」

シャルロットはくすくすと笑う。

あとから知ったが、神力を得て成長したガルは自身の姿を小さく変えることもできるらしい。言われてみれば、リロもいつも小さかったと気付く。

今日は小さくなってほしいと言ったらとても不服そうにしていたが、結局こうして小さな体になってついてくるところがとても可愛い。本人に「可愛い」と言うと怒りん坊に火が付くので言わないけれど。

「何がおかしい。俺は事実を言ったまでだ。お前の要領が悪すぎるから、バランスを取るためにより優れた俺がお前についていてやったんだ」

「ええ、そうね。ありがとう」

シャルロットが軽くお礼を言うと、ガルはふんと鼻を鳴らす。

「久しぶりにここの庭を散歩してくる」

「ええ、行ってらっしゃい」

シャルロットはガルの小さな後ろ姿を見送る。

言葉が通じない間もずっとあの調子でシャルロットに偉そうに説教していたのだろうか。色々想像すると、とってもおかしくなる。

爽やかな夜風が頬を撫でた。

テラスから魔法の明かりに照らされた、薄暗い庭園を眺める。

「懐かしいです」

「何が？」

シャルロットの呟きに、エディロンがこちらを見る。

「一度目の人生で、わたくしはここでエディロン様に出会いました」

「ああ、そういえばそんなことを言っていたな」

エディロンは思い出したように頷く。

(確か、エディロン様がわたくしの髪飾りを見て驚いたような顔をされたのよね)

懐かしく思っていると「シャルロット。その髪飾り――」とエディロンが言った。

「髪飾り？」

エディロンはなぜか驚いたように目を見開いていた。

一度目の人生の再現のようなエディロンの反応を不思議に思いながらも、シャルロットは自分の耳の上につけられた髪飾りに触れる。

と同時に、すぐに違和感を覚えた。

(え？　壊れている？)

いつもと触り心地が違う。慌ててそれを外す。

手のひらに載せた髪飾りを改めて見て、シャルロットも目を見開いた。

「花が……」

花が咲いていた。

蕾だけの地味なデザインだったはずの髪飾りは、満開の花が幾重にも咲き乱れている。五枚花弁のその花は、以前エディロンと一緒に見たアーモンドの花を想起させる。

そして、それらの花の一つひとつの中央にダイヤモンドが埋め込まれていた。

この光り輝く髪飾りを見て『地味なデザイン』と言う人はまずいないだろう。

（幸せになれる髪飾り――）

これが贈られたときの母の言葉を思い出す。そうして、ハッとした。

（魔法が完成したのね）

母は片田舎の村娘でありながら、その噂が遠い王都にまで広まるほどの大魔女だった。今までのループは全て、母の魔法だったのではないか。

（お母様）

亡き母を想い、目頭が熱くなる。そして、このループはもう二度と起きないのだと悟った。

涙ぐむシャルロットは指先で目元を拭う。

「申し訳ありません。少し感傷に浸ってしまいました」

「いや、構わない」

エディロンはシャルロットの手から髪飾りを取ると、それをシャルロットの髪につける。

「これから先、あなたのことを必ず幸せにする。六回分の人生の愛情を、あなたに贈ろう」

「エディロン様……」

胸がジーンと熱くなる。

遠回りをして六回分の人生の重みがあるからこそ、自分が望んでいた道はこの人の隣なのだと確信できる。

「六回分の愛情なんて宣言してしまっては、あとが大変ですわよ？」

「問題ない。シャルロットのほうこそ、覚悟したほうがいいな。俺に嫌というほど愛されるのだから」

「ふふっ。望むところです」

シャルロットとエディロンはお互いに見つめ合い、くすくすと笑う。

背後からは楽しげな音楽が漏れ聞こえてくる。

これから先の未来を、シャルロットは知らない。けれど、この人とならば大丈夫。

――未来はきっと、たくさんの幸せで満ちているのだから。

〈了〉

特別書き下ろし番外編

◆番外編（一）　誕生日プレゼント

エディロンと想いを通わせた翌日のこと。シャルロットはショックのあまり頭を抱えていた。

「う、嘘でしょ？」

テーブルの上に置かれているのは昨日トムス商店で受け取ったばかりの、エディロンに渡す予定の誕生日プレゼントだ。鞄に入れていたのだが、シャルロットが牛から逃げる際に転んで下敷きにしてしまったようで、専用の木箱は壊れていた。

自分で使うならまだしも、これは誕生日プレゼントなのだ。このままでは渡せない。

「そうだわ。中身が無事なら、箱だけ手配すれば」

シャルロットは潰れた箱を恐る恐る開ける。

そして、中身を見て絶望した。割れた木製の破片が当たってしまったようで、緋色の万年筆のボディ部分には一筋の傷が入っている。

「ど、どうしよう……」

誕生日まであと数日もない。

万年筆は高級品であり、一つひとつが熟練の職人により手作りで製作されている。

これと全く同じものを今すぐに用意してほしいと言っても、無理なのだ。

(同じものは無理でも、似たものなら売っているかもしれないわ)

婚約者である自分がプレゼントなしなどあり得ない。

(今すぐに買いに行かないと！)

そう思ったシャルロットはすっくと立ち上がる。その瞬間、足首にズキッと痛みが走った。

シャルロットは自分の足首を見る。昨日転んだときに捻ってしまったようで、そこには包帯が巻かれていた。包帯のせいで直接目視はできないが、きっと腫れている。

「シャルロット様！ まだ万全ではいらっしゃらないのですから、ベッドに横になっていてくださいませ」

立ち上がったシャルロットに気付いたケイシーがすっ飛んでくる。

「ケイシー。出かけたいの。準備を手伝ってくれる？」

「出かける？ どこにですか？」

「トムス商店よ」

「え、でも、シャルロット様は足を痛めていらっしゃいますから」

ケイシーは眉を寄せて、首を横に振る。

「でも、陛下へのプレゼントを傷付けてしまって、すぐにでも代わりの品を見に行かないと間に合わないの。お願い」

エディロンにプレゼントするものなのだから、ケイシーに任せるのではなく自分の目で選びたい。シャルロットが顔の前で手を合わせて必死にお願いすると、ケイシーは渋々といった様子で頷く。

「仕方がないですわね。痛むようならすぐ引き返してくださいね」

「わかっているわ」

シャルロットは軽く頷く。

痛むようならも何も、最初から痛い。でも、それを言うと外出できなくなってしまうから黙っておこう。

シャルロットは痛む足を引きずりながら、外出の準備を始めたのだった。

トムス商店へと向かうために離宮の庭園に差しかかったとき、前方から背の高い男性が歩いてくるのが見えた。エディロンだ。

シャルロットは立ち止まり、エディロンにお辞儀をする。

「シャルロット？　もう体調はいいのか？」

「はい。陛下のお陰で大きな怪我もなく」

にっこりと笑ってそう答えるが、正直言って足が痛い。まだ百メートルくらいしか歩いていないのに。

「これからあなたのところに行くつもりだったのだが、どこかに行くのか？」

「ちょっと城下に……」

シャルロットは言葉を濁す。

あなたの誕生日プレゼントをだめにしてしまったので代わりの品を選びに行くとは言いづらい。

「では、俺も行こう」

「え⁉」

シャルロットは驚いて聞き返す。

「ちょうど時間が空いたんだ。元々あなたに会いに来たところだったし、いいだろう？」

「いえ、それは……」

困ります。はっきり言って、困ります！

シャルロットはどう言い訳してこの場を切り抜けようかと視線を彷徨わせる。

「ということで、シャルロットのことは俺に任せてケイシーは下がっていい」

「はい。かしこまりました」

エディロンから声をかけられたケイシーは一礼すると離宮の奥へと戻って行く。

(え、行っちゃうの？)

これから買い物に行きたいのに。ケイシーはシャルロットがエディロンの誕生日プレゼントを買いたいって知っているはずなのに！

シャルロットがケイシーの後ろ姿を呆然と見送っていると、頭上から「さて」と声がした。

「あなたは俺に秘密で、どこに何をしに行こうとしていたのかな？」

エディロンがにこりとシャルロットに微笑みかける。

「秘密だなんて。ちょっと城下に——」

シャルロットは咄嗟に言い訳しようとする。

「それは、痛む足を引きずってまで行く必要がある用事なのか？」

(……えっ！　ばれているわ！)

エディロンには軍人としての知識もあるので、シャルロットの歩き方ですぐに異常に気付いたのだろう。シャルロットはなんと言えばいいのかわからなくなり、言葉を詰まらせた。

「正直に話してもらおうか？」

鋭すぎて、ぐうの音も出ない。

その数分後、エディロンとシャルロットは離宮の中庭にあるベンチに隣り合って座っていた。

「何？ 俺の誕生日プレゼント？」

エディロンの声が響く。

よっぽどシャルロットの答えが予想外だったようで、目を丸くしている。

「はい。昨日受け取ったのですが、わたくしが倒れた拍子に下敷きにしてだめにしてしまいまして——」

こんなこと、本人には知られたくなかった。シャルロットはしょんぼりと肩を落とす。

「なんだ。俺はてっきり、一日経ったらまたひとりで生きていきたくなって町の下見に行くのかと——」

エディロンは片手で顔を覆うと、そこで言葉を止めてシャルロットを見る。

「実物を見ても?」

「はい」

シャルロットは店に「似たものがほしい」と伝えるために持参していた、万年筆が入った壊れた箱を鞄から取り出す。

エディロンはそれを開けると、そっと万年筆を取り出してじっと眺めた。

「だめになっていないじゃないか。ペン先はしっかりしている」

「でも、ボディに傷が」

「構わない。これでいい」

「でも——」

本当にいいのだろうか。

エディロンは国王だ。国王陛下に傷が付いた万年筆を贈るなんて——。

「シャルロットが俺のために選んでくれたのだろう? 俺は、これがいい」

「本当に?」

「本当だ。傷があっても問題なく使用できるはずだ。誕生日なのだから、俺がほしいものをくれるのだろう?」

「もちろんです」

「なら、これがいい」

そう言ってにこりと微笑まれたとき、胸の奥がジーンとした。

「あとはそうだな。叶うことなら、あなたの刺繍した品がほしい」

「刺繍ですか？」

シャルロットは意外に思って聞き返す。

「ああ。アーモンドの花が刺繍されたハンカチは店で購入したが、あれは女性向けだから外では使えない。普段使えるものを」

「はい。喜んで」

刺繍は得意だから、数日あればひとつくらい作れる。自分の作った品をエディロンが身につけてくれるのは、とても嬉しい。

口元を綻ばせたシャルロットを見つめ、エディロンも表情を緩める。

「あともうひとつ。肝心なことを言い忘れていた」

「肝心なこと？」

シャルロットは首を傾げる。

「ああ」

エディロンはシャルロットの耳元に口を寄せる。

「シャルロットをゆっくり愛でたいから、その日は一日空けておけ」

心地よい声が、鼓膜を揺らす。そのまま、優しく唇が重ねられた。

◆番外編（二） やり直しの初夜

　幸せな新婚生活。

　それは、過去五回も結婚式の当日に殺されるという憂き目に遭ってきたシャルロットにとって、全く以て未知の世界だ。

　一度でいいから体験してみたい。そう思ったことがないと言えば嘘になる。

　そして、遂に自分にもそのときが来た。

　そう思っていたのに……。


　紅茶を一口飲んだシャルロットは「ふうっ」とため息をつく。

「こう天気が悪い日が続くと、気分も滅入ってしまいますね」

　ケイシーは窓から生憎の雨模様を見て頬に手を当てる。

「え？　ええ、そうね」

「気分転換に新しい紅茶に淹れ直しますので、そうため息ばかりつかないでくださいませ」

ぼんやりとしていて完全に無意識だったけれど、自分でも気付かないうちに何度もため息をついていたようだ。ケイシーには気を使わせてしまった。

（わたくしったら、だめね）

シャルロットは気分を変えようと立ち上がり、窓の外を眺める。

つい最近まで住んでいた離宮とは違い、この王妃のための私室からは宮殿の中央庭園がよく見えた。レスカンテ国時代に作られたこの庭園は規則正しく植物が植えられ、ところどころには大きな噴水や彫刻、ベンチやガゼボなどが配置された美しいものだ。

（エディロン様、まだまだお忙しいのかしら）

シャルロットは景色を眺めながら、また心の中でため息をつく。

結婚式を終えて正式にエディロンの妻となって早一週間が経つ。

『結婚式の翌日を生きて迎える』

その大きな目標を達成できたのはとても嬉しいのだけれど、シャルロットの中で思い描いていた生活とは何かが違う。そして、その〝何か〟ははっきりとわかっている。

（エディロン様に！　新婚なのに夫に会えないわ！）

成婚の祝宴の熱気覚めやらぬ中起きた、国王暗殺未遂事件。その後処理のためエディロンは執務にかかりきりで、実はもう一週間顔すら合わせていないのだ。

シャルロットの私室から繋がるふたりの寝室の向こう側はエディロンの私室なのだが、そこにすら戻らずに部下達のいるエリアにある執務室にこもりきりのようだ。

「会いたいな……」

シャルロットはぽつりと呟く。

恋心とは厄介なものだ。つい数カ月前までは一生ひとりで生きていこうと思っていたはずなのに、たった数日会えないだけでこんなにも苦しくなってしまうのだから。一生彼に会わずに一体どうやって生きていくつもりだったのか、想像すらつかない。

「止んだかしら？」

シャルロットは空を見上げる。

朝から降り始めた雨は先ほど小雨に変わっていたが、今は止んでいるように見える。窓を開けると湿気の混じる空気が部屋の中に入ってきた。

「気分転換に、図書館にでも行こうかしら？」

ここにいると、エディロンがいつ来てくれるのかということばかりが気になってしまう。シャルロットは気を取り直すと、外出の準備を始めた。

王宮と図書館を繋ぐ回廊からは、庭園や訓練場など様々な施設が見える。

訓練場の前に差しかかったとき、訓練中のたくさんの騎士が見えた。

「ケイシー。寄っていく？」

シャルロットはすぐ斜め後ろを歩くケイシーに声をかける。

「え？　いいのですか？」

「もちろんよ」

恐縮するケイシーにシャルロットはにこりと笑って、頷いた。

そうして立ち寄った訓練場の中を、シャルロットは見回す。

（エディロン様、ここにもいないわ）

それとなくエディロンがいないかを確認したけれど、どこにもいない。

ちょっぴりしょんぼりしながら自分の部屋に戻る途中、シャルロットはふと遠方の人影に目を留めた。

「あれは、エディロン様？」

背の高い男性と共に、地味なドレス姿の女性の姿が見えた。何かを話しながら歩いているように見える。

「シャルロット様、どうされました？」

急に立ち止まったシャルロットに気付き、ケイシーがこちらを振り返る。

「あ、ううん。なんでもないの」

シャルロットは慌てて片手を振る。もう一度エディロンがいたほうを振り返ったが、既にその姿は見えなかった。

その日の晩、待ちに待ったエディロンの来訪があった。

——黒幕はエリス国の王妃オハンナである可能性が高く、彼女はずっとシャルロットが周辺国に嫁ぐタイミングを窺っていた。

次々と聞かされる驚愕の事実に、シャルロットはただただ驚くばかりだった。

話が一段落すると、エディロンはソファーの背もたれに身を預け、隣に座るシャルロットを見つめる。

「シャルロット。この一週間、どう過ごしていた？」

「え？ えーっと、基本的には部屋で結婚披露パーティーに来てくださった賓客の皆様へのお礼状を書いておりました。今日は図書館に行きましたわ」

「そうか」

エディロンの目元が優しく細まる。

その眼差しにシャルロットの胸はどきりと鳴り、咄嗟に目を逸らしてしまった。

「エディロン様は――」

「ん？」

「エディロン様は何をされていたのですか？」

「俺か？　あの事件の後処理だが」

エディロンはなぜそんなことを聞くのかと首を傾げる。

「あの――」

――今日の昼間に一緒にいた方はどなたですか？

喉元までその言葉が出かけたが、シャルロットは口を噤んだ。自分がこんなに焼きもち焼きだなんて、びっくりだ。ただ並んで話しているのを見ただけなのに。

「どうした？」

エディロンはシャルロットの様子に違和感を覚えたようで、心配そうに顔を覗き込んでくる。

「聞きたいことや言いたいことがあるなら、言ってくれ」

「……エディロン様が新婚早々お忙しくされていて、寂しかったです」

エディロンはいつも優しい。真綿に包むようにシャルロットを甘やかしてくるから、ついこんな本音が漏れてしまう。

一方のエディロンは驚いたように目を瞠る。そして、ふっと口元を綻ばせた。

「悪かった。一段落したら、埋め合わせする」

「はい。実は、今日、図書館から戻るときにエディロン様がどこかの女性と話しているのを偶然見かけてしまいました。わたくし、そんなことまで気になって——」

一度気持ちに正直になると、ぽろぽろと感情が溢れてくる。

「ああ。あれはあの件について証言をしてくれた、ハールス卿の屋敷で家庭教師をしていたという女性だ」

「そうなのですね」

特別な関係だとは思わなかったけれど、エディロンが女性と親しげにしているのを見るだけでモヤモヤとしてしまう自分が嫌になる。

「シャルロット。あなたは勘違いしている」

「申し訳ございません……」

シャルロットはシュンとして、俯く。王妃たるもの、夫が執務にあたっているのにそんな弱音を吐くべきではなかったと反省する。

「ほら、やっぱりそうだ。今、怒られたと思っているだろう？　シャルロット、俺を見ろ」

「え？」

シャルロットはエディロンを見る。

「違うのですか？」

「全然違う。俺の妃はこんな些細なことに焼きもちを焼いて、可愛いと思っていた」

「……えっ！」

「俺がこの一週間、シャルロットのことを忘れていたとでも？」

「いえ、そんなことは」

シャルロットはふるふると首を左右に振る。

「逆だな。あなたと会って、愛でたくてうずうずしていた。そのために、寝る間も惜しんで執務に没頭した」

よく見ると、エディロンの目の下には薄らとくまができていた。

「エディロン様……」

忙しい中でも自分との時間を作ってくれようとしたことがわかり、胸の内に温かなものが広がる。

シャルロットがそのくまをなぞるように手を伸ばすと、手首を掴まれてそのままそこに口づけられた。

胸がどきんと跳ねる。

自分の手首に唇を寄せるエディロンに熱の孕んだ眼差しを向けられ、なんだか体の奥が熱くなるような不思議な感覚がした。エディロンはひょいとシャルロットを抱き上げると、そのままベッドへと運ぶ。

シャルロットの体がシーツに沈むと、エディロンは上から覆い被さってきた。シャルロットはエディロンを見上げる。

「エディロン様」

「なんだ？」

「エディロン様はわたくしを幸せにしてくれるって仰ったでしょう？ ですから、エディロン様のことはわたくしが幸せにしますね」

エディロンの両頬を手で包んでそう告げる。それは、シャルロットのありのままの気持ちだった。

一方のエディロンは僅かに目を見開き、嬉しそうに相好を崩した。

「あなたには敵わないな。会う度に、俺を魅了する」

ぎゅっと強く抱きしめられる。

「ずっと、こうしたかった」

耳元で少し掠れたような声がした。抱きしめる腕の力が緩んだと思うと、今度は性急に唇が重ねられ、口づけはすぐに深いものへと変わる。

甘い口づけの合間にエディロンの大きな手が体の線をなぞり、シャルロットが纏っていた薄布はたちまち衣装の体を成さなくなる。

「あの……」

「シャルロット、綺麗だ。とても」

ただでさえ恥ずかしいのに、そんな風に言われると益々恥ずかしい。

「あまり言わないでください。恥ずかしいです」

シャルロットは真っ赤になって、自分の体を手で隠そうと抵抗にならない抵抗をしてみる。けれど、その手はすぐにエディロンの手に絡め取られ、シーツへと縫い付けられた。

「シャルロット、隠さないでくれ。恥ずかしがってもやめないぞ。可愛いだけだ」

くすっと笑うエディロンはまたシャルロットに口づける。

「俺だけに見せてくれ。あなたの乱れた姿を」

もうこれ以上何が起こるのかわからないぐらい甘く溶かされた意識の中で、体の奥を熱が貫いた。

「シャルロット。愛している」

何度も何度も繰り返し囁かれた言葉は、シャルロットの脳天を甘く痺(しび)れさせた。

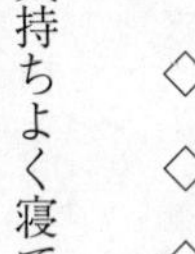

気持ちよく寝ていたシャルロットは、部屋に差し込む朝日の眩しさで目覚めた。

（ん、朝？）

シャルロットは薄らと目を開ける。そして、いつもとは違う体の倦怠感(けんたいかん)に気付いた。

（そうだ、わたくし……）

昨晩の出来事がまざまざと脳裏に甦り、たまらなく恥ずかしい。ひとりで頭を抱えて「うわあ」と身もだえていると、自分の体にがっしりと絡む腕に気付いた。

シャルロットは首だけを曲げて背後を振り返り、どきりとする。すぐ近くに、エディロンの顔があったのだ。

高い鼻梁にしっかりと上がった眉、閉ざされた目元を縁取る長くまっすぐな睫毛。

シャルロットはその精悍な顔立ちに、暫し見惚れる。

「エディロン様……？」

呼びかけに、エディロンは答えない。

（まだ眠っていらっしゃる？）

目を閉じたまま規則正しい寝息を立てている姿は無防備だ。いつもの凛々しい姿とは打って変わって可愛らしく見える。

（ふふっ、可愛い）

シャルロットはその寝顔を眺め、口元を綻ばせる。こういう姿を見せてくれるのは、自分の横を安心できる場所だと思ってくれているからだろう。

これから先、この人のことをもっともっと知っていきたい。

「エディロン様。色々とお疲れ様です」

シャルロットももう一度、目を閉じる。

そして、大好きな人の腕の中で心地よい微睡(まどろ)みに身を沈めたのだった。


〈了〉

あとがき

皆さんこんにちは。三沢ケイです。

この度は「ループ5回目。今度こそ死にたくないので婚約破棄を持ちかけたはずが、前世で私を殺した陛下が溺愛してくるのですが」をお読みいただき、ありがとうございます！

本作はタイトル通り、何度もループを繰り返す〝死に戻り王女〟が愛する人との幸せを掴むまでのお話です。

ストーリーを考えるにあたっては特に、如何にして過去のループで経験したことを最後の人生で活かすか、ループの理由に納得感を持たせるか、そして、ヒーローとの過去の事件をすっきりと解決させるかの三点に注意を払いました。

ヒロインのシャルロットは五回も結婚式当日の死を繰り返したことによって、結婚に対して強い拒否感があります。そんな彼女の葛藤を受け止めて心の雪解けをさせるのはもちろんヒーローのエディロンですが、それに加えてシャルロットに寄り添うガイド役として弟のジョセフを登場させました。

実は隠れた参謀であるジョセフは私の本作での一番のお気に入り脇役キャラです！

また、本編は恋が実るまでにフォーカスしているため、番外編ではそこで書けなかったふたりの甘いやり取りや初夜を書かせていただきました。仲睦まじく過ごすふたりの様子を楽しんでいただけたら嬉しいです。

最後に、この場を借りてお礼を言わせてください。

素敵なカバーイラストを描いてくださった笹原亜美先生、とっても可愛いイラストで本当に嬉しかったです。

刊行にご尽力いただいた編集担当の若海様、編集協力の本田様、的確なご指摘やご提案、非常に頼もしかったです。

そしてなによりも、本作をお読みくださった読者の皆さん。皆さんの応援が執筆の活力になっています。本当にありがとうございます。

本作の刊行に関わる全ての方々に深く感謝申し上げます。

またどこかでお会いできることを願って。

三沢(みさわ)ケイ

三沢ケイ先生への
ファンレターのあて先

〒104-0031
東京都中央区京橋 1-3-1
八重洲口大栄ビル7F
スターツ出版株式会社　書籍編集部　気付

三沢ケイ先生

本書へのご意見をお聞かせください

お買い上げいただき、ありがとうございます。
今後の編集の参考にさせていただきますので、
アンケートにお答えいただければ幸いです。

下記 URL または QR コードから
アンケートページへお入りください。
https://www.berrys-cafe.jp/static/etc/bb

ループ5回目。今度こそ死にたくないので婚約破棄を持ちかけたはずが、前世で私を殺した陛下が溺愛してくるのですが

2022年8月10日　初版第1刷発行

著　　者　三沢ケイ
　　　　　©Kei Misawa 2022
発 行 人　菊地修一
デザイン　hive & co.,ltd.
校　　正　株式会社　文字工房燦光
編集協力　本田夏海
編　　集　若海瞳
発 行 所　スターツ出版株式会社
　　　　　〒104-0031
　　　　　東京都中央区京橋1-3-1　八重洲口大栄ビル7F
　　　　　TEL　出版マーケティンググループ　03-6202-0386
　　　　　（ご注文等に関するお問い合わせ）
　　　　　URL　https://starts-pub.jp/
印 刷 所　大日本印刷株式会社

Printed in Japan

乱丁・落丁などの不良品はお取替えいたします。
上記出版マーケティンググループまでお問い合わせください。
定価はカバーに記載されています。

ISBN 978-4-8137-1307-4　C0193

ベリーズ文庫　2022年8月発売

『エリートSPはウブな令嬢を甘く激しく奪いたい～すべてをかけて君を愛し抜く～』　田崎くるみ・著

公家の末裔である紅葉は政略結婚することになるが、自分の血筋だけを求める婚約者に冷たく扱われていた。ある日、警視庁でSPを務めていた静馬が護衛につくことに。彼は暴言を吐く婚約者から全力で紅葉を守ってくれて…。健気な紅葉に庇護欲を煽られた静馬は、次第に深く激しい愛を溢れさせて!?

ISBN 978-4-8137-1302-9／定価726円（本体660円＋税10%）

『身ごもり婚約破棄したはずが、パパになった敏腕副社長に溺愛されました』　葉月りゅう・著

カフェで働く都は親に決められたお見合いに行くと、相手はカフェの常連客・嘉月だった。彼は大手IT会社の副社長で、意気投合し婚約する。しかもすぐに妊娠が分かり順風満帆だったが、ある事故がきっかけで彼の前から姿を消すことに…！　3年後、ひょんなことから再会し、子供ごと溺愛され!?

ISBN 978-4-8137-1303-6／定価726円（本体660円＋税10%）

『エリート官僚は政略妻に淫らな純愛を隠せない～離婚予定でしたが、今日から夫婦をはじめます～』　吉澤紗矢・著

代議士の父を持つ澄夏は1年前にエリート官僚の一哉と結婚した。しかし父が選挙で落選。政略結婚の意味がなくなってしまい、離婚するべきか悩んでいた。追い討ちをかけるように、一哉には恋人がいることが発覚。彼から離れようとすると、一哉は抑えきれない独占欲を爆発させ、澄夏を激しく求めてきて…!?

ISBN 978-4-8137-1304-3／定価715円（本体650円＋税10%）

『跡継ぎを宿すため、俺様御曹司と政略夫婦になりました～年上旦那様のとろけるほど甘い溺愛～』　Yabe・著

倒産寸前の家業を救うため、いきなりお見合いをさせられる愛佳。相手は大手不動産会社の御曹司・千秋で、断るはずがあれよあれよと結婚が決まってしまう。しかも、事業再建を助けてもらう条件は彼の跡取りを産むことで…!?　Sっ気のある彼にたっぷりと焦らし溶かされ、身も心もほだされてしまい!?

ISBN 978-4-8137-1305-0／定価704円（本体640円＋税10%）

『天才脳外科医の愛が溢れて――もう、拒めない～独占欲に火がついて、とろとろに愛されました～』　滝井みらん・著

製薬会社の令嬢であることを隠し、総合病院の受付で働く茉莉花。ある日、天才脳外科医・氷室の指名で脳外科医のクラークとして異動することに。過労で倒れた茉莉花を心配した氷室は、自分の住む高級マンションに連れ帰り、半強制的に同居がスタート。予想外の過保護な溺愛にドキドキが止まらなくて…!?

ISBN 978-4-8137-1306-7／定価715円（本体650円＋税10%）

ベリーズ文庫 2022年8月発売

『ループ5回目。今度こそ死にたくないので婚約破棄を持ちかけたはずが、前世で私を殺した陛下が溺愛してくるのですが』 三沢(みさわ)ケイ・著

側妃の子であるため虐げられてきた王女・シャルロットは隣国の国王・エディロンへ嫁ぐも、『ドブネズミ』と言われ殺されてしまう。それ以来、結婚すると当日に殺されてしまう人生のループが開始！　6度目の今世は修道女として地味に過ごすはずが、なぜかエディロンに溺愛される日々が始まってしまい…!?

ISBN 978-4-8137-1307-4／定価726円（本体660円＋税10%）

『竜王太子の生贄花嫁を拝命しましたが、殿下がなぜか溺愛モードです!?～一年後に離縁って言ったじゃないですか！～』 瑞希(みずき)ちこ・著

聖なる力を持つ伯爵令嬢のエルナは、竜人国の王太子・ルードヴィヒと結婚する。祖国のため彼と仲良くなろうとしたけれど「お前とは一年後に離縁する」──ルードヴィヒは冷たく宣言し…!?　しかし彼が抱える重大な秘密を知ってから態度が急変！　離縁前提のはずが、独占欲全開でエルナを溺愛し始めて!?

ISBN 978-4-8137-1308-1／定価715円（本体650円＋税10%）

ベリーズ文庫 2022年9月発売予定

Now Printing

『タイトル未定』　若菜（わかな）モモ・著

親の再婚でパイロットの陵河と義兄妹になった真衣は、自分もCA志望であることから彼と急接近し両想いに。やがて陵河と同じ会社に就職し結婚するが、夫婦関係を秘密にすることを提案する。しかし、フライト先での滞在中に真衣を誘い出したりと、独占欲を抑えず甘く迫ってくる彼に翻弄されてしまい…!?

ISBN 978-4-8137-1316-6／予価660円（本体600円＋税10%）

Now Printing

『二度目の初恋～好きだと言うならケーベツします～』　蓮美（はすみ）ちま・著

社長令嬢の陽菜は御曹司・怜士との政略結婚が決まっている。陽菜にとって怜士は初恋相手だが、彼は自分を愛していないと思い込んでおり、顔合わせの場で離縁を宣言。しかし、怜士は「お前は俺のものだ」と熱い眼差しで陽菜を組み敷き!?　今まで秘められていた激愛をたっぷり注がれ、陽菜は陥落寸前で…。

ISBN 978-4-8137-1317-3／予価660円（本体600円＋税10%）

Now Printing

『俺のすべては君のもの』　惣領莉沙（そうりょうりさ）・著

家業のためにエリート脳外科医の碧とお見合いをした社長令嬢の珠季。人柄の良い碧を父の会社の事情に巻き込むことに後ろめたさを感じるが、両親の期待を裏切られず入籍する。愛のない結婚のはずが、夫になった碧はなぜか独占欲を剥き出しに珠季を攻め倒す。予想外の溺愛に翻弄される日々が始まって…。

ISBN 978-4-8137-1318-0／予価660円（本体600円＋税10%）

Now Printing

『背徳溺愛～これは許されない恋ですが、おなかの子は諦められません～』　一ノ瀬千景（いちのせちかげ）・著

家業の画廊を守るため、大企業の御曹司に嫁ぐことになった清香。家のためと諦めていたが、片想い相手でかつて一夜を共にした志弦と顔合わせの場で再会する。婚約者の兄という許されない関係ながらふたりは惹かれ合い、清香は妊娠。ひとりで娘を育てていたけれど、清香を探し出した彼に激愛を注がれて…!?

ISBN 978-4-8137-1319-7／予価660円（本体600円＋税10%）

Now Printing

『不本意ですが身代わり花嫁を拝命し、極上御曹司の激愛で懐妊しました』　紅（くれない）カオル・著

ブライダルサロンで働く茉莉花は、挙式直前に逃げ出した新婦の代役として御曹司の吉鷹と式を挙げる。式を終え解放されると思ったのに「キミとは神の前で永遠の愛を誓った仲だろう」――なぜか吉鷹は茉莉花を気に入り、本物の妻に指名されてしまう。傲慢だったはずの彼に溺愛され、茉莉花の懐妊が発覚し…!?

ISBN 978-4-8137-1320-3／予価660円（本体600円＋税10%）

タイトル、価格等は変更になることがございますのでご了承ください。